Querverlag

NINA QUEER

# DAUERLÄUFIG

Alle Charaktere, Schauplätze und Handlungen in diesem Roman sind frei erfunden. Ähnlichkeiten mit lebenden und toten Personen sind unbeabsichtigt.



Lektorat: Rainer Hörmann

Erste Auflage April 2011



Umschlag und grafische Realisierung von Sergio Vitale unter Verwendung eines Fotos von Michael Pfötsch
Gesamtherstellung: Findr
ISBN 3-89656-188-6
Printed in the Czech Republic

Bitte fordern Sie unser Gesamtverzeichnis an:
Querverlag GmbH und Salzgeber & Co. Medien GmbH
Mehringdamm 33, 10961 Berlin
www.querverlag.de • www.salzgeber.de

*Dieses Buch widme ich meiner Tante Helga*
*für die Förderung meiner Seele*
*und meiner ehemaligen Lehrerin Anita Sagmeister*
*für die Förderung meiner Kreativität.*

*„Wenn New York die Stadt ist, die niemals schläft,*
*dann ist Berlin die Stadt, die immer fickt!“*

# Das bin ich

Für mich gibt es kein Warten in einer Schlange vor einem Klub. Kein Bezahlen von Rechnungen in Restaurants oder Bars. Die meisten Kleider werden mir geschenkt. Mein Gesicht findet man in Zeitungen, Magazinen und im Internet. Viele Prominente zählen zu meinem Freundeskreis – unzählige zu meinen Bekannten. Ich nehme jede Nacht Kokain. Nicht alleine. Meistens mit Darstellern aus billigen Seifenopern oder dummen Arztserien. Danach ficke ich mit ihnen.

Ich bin Entertainerin, Showgirl, Schauspielerin, Bühnenstar, Radiomoderatorin, TV-Wunder und DJane. In erster Linie bin ich aber Partyveranstalterin. Meine Party Irrenhouse ist legendär. Durch sie bin ich selbst zum Star geworden. Die Veranstaltung ist weltweit bekannt, ihre Gäste sind international. Trotzdem hat sie nie den Anspruch eines heißen Insidertipps verloren. Ich bin Berlins erfolgreichste und berühmteste Discoqueen. Alle wollen auf meine Gästelisten und würden dafür alles tun, um bei mir Models, Popsänger, Moderatoren, Kunst- und Kulturschaffende zu treffen. In meiner VIP-Lounge. Auf meiner Party. In meinem Klub. In meiner Stadt. Berlin.

Für Berlin bin ich überhaupt wie geschaffen. Ein sympathisches, glamouröses Flittchen mit einem ordinären Schandmaul, das keine Probleme damit hat, vor 300 Leuten mitten auf der Tanzfläche den Schwanz eines Typen zu lutschen und sich auf die Titten spritzen zu lassen. Wer jetzt denkt: „Das kann doch wohl nicht wahr sein!", der hat von Berlin keine Ahnung. Mir sind hier Geschichten widerfahren, die keinem Drehbuchautor je in den Sinn kämen. Berlin und ich: Das passt.

Wenn ich zurückdenke, ist es vermutlich so, dass ich diese Stadt von jeher gesucht habe. Mit Anfang 20 kam ich hierher, mit 25 hatte ich meine Konkurrenten hinter mir gelassen. Jeder, der mich für eine kurze Modeerscheinung mit einer noch kürzeren Halbwertzeit am Berliner Partyhimmel hielt, weiß längst, dass ich aus dem Nachtleben der deutschen Hauptstadt nicht mehr wegzudenken bin.

Wenn TV-Sender Reportagen über die Berliner Partyszene drehen, wenn ein langweiliges Thema aufgemotzt werden soll, wählen sie meine Nummer. Ich bin Gelegenheitsschauspielerin und als Stargast die willkommene, glitzernde Abwechslung auf jedem roten Teppich.

Ich bin eine hervorragende Geschäftsfrau mit dem Gespür und Sinn für Trends. Eine Alkoholikerin sowieso. Ich bin eine gute Freundin. Mein Humor wird geliebt, mein Zynismus gefürchtet. Meine Gabe ist es, den Menschen eine schöne Zeit, meistens eine schöne Nacht, zu bereiten. Meine Energie und mein Glamour wirken auf andere faszinierend und berauschend. Ich wage Dinge zu tun, von denen Max Mustermensch aus der Wohnung nebenan nur träumt. Menschen, deren Horizont begrenzt ist, bleibt die Welt, in der ich lebe, für immer verborgen. Manche Menschen träumen ja nicht einmal. Schade eigentlich.

Auf dieser Ebene macht das Leben Spaß. Es ist das Leben, von dem ich immer geträumt habe. Freilich ist es möglich, dass diese Seifenblase morgen schon platzt. Dann ist eben wieder meine Kreativität gefragt. So lange genieße ich ein Leben, das meine Eltern nie verstehen werden. Aber ich bin nicht dumm. Ich habe mich abgesichert.

Was sich hier liest wie die Auszüge aus dem Leben eines Rockstars, hat mich viel Arbeit gekostet. Ich musste viel säen, um erst einmal wenig zu ernten. Wie ich durch den Verkauf von Currywürsten und meinem Körper doch noch auf den mir vorbestimmten Weg gekommen bin, will ich gerne berichten. Bevor die Party, die nie aufhören soll, begann, war erst mal Stille. Die Stille von Malta, dem ruhigen Dorf im österreichischen Kärnten.

# Teil 1: Vom Bauernbub …

# Wo ich herkomme

Tatsächlich komme ich aus einem winzigen Berg- und Bauerndorf namens Malta im österreichischen Kärnten, in dem ich vor 25 Jahren geboren wurde. Es ist umgeben von den hohen österreichischen Alpen und darum wohl auch ein wenig zurückgeblieben. Zweitausend Seelen wohnen im eigentlich ganz romantischen Dorf links und rechts des Flusses, der genauso heißt wie das Dorf und die berühmte Insel im Mittelmeer. Der Fluss bildet den tiefsten Punkt des auf 800 Meter Höhe liegenden Malta-Tales. Dann steigen die Berge steil an und aus dem Dorf mit asphaltierten Straßen werden schnell Schotterwege mit einigen wenigen Holzhütten, Bauernhöfen und viel Wald drumherum. Über der Waldgrenze liegen dann die Almen. Hier weidet von Frühjahr bis Herbst das Vieh der ortsansässigen Bauern. Von hier ist es nicht mehr weit, um auf die Gipfel zu kommen, die höchstens zwei Monate im Jahr kahl und schneefrei sind. Wenn man nichts als Ruhe und frische Luft und freundliche Menschen möchte, ist dies der richtige Platz. Bis heute ist es mir ein Rätsel, warum ich mich auf diesen Almen, in den Wäldern und Hainen nie gelangweilt habe. Meine Fantasie muss schon als Kind grenzenlos gewesen sein. In Gedanken schlüpfte ich schon damals in andere Rollen – auch wenn es zunächst nur die Biene Maja oder die bezaubernde Jeannie sind.

In Malta gehe ich in den Kindergarten und zur Schule. In der Grundschule – bei uns in Österreich heißt das natürlich Volksschule – werde ich das erste Mal mit der „wirklichen" Welt konfrontiert. Leider eine Welt, in der ich nach den Idealen meiner Mitschüler nicht so recht passe. Ich muss ihren Hohn und Spott ertragen. Noch mehr als meine Mitschüler hassen mich allerdings deren Eltern. Ich gelte als unangenehmes, freches Kind, das dafür bekannt ist, andere zu allerlei Blödsinn anzustiften und zu Doktorspielchen in Scheunen und Kellern zu animieren. Ich erinnere mich noch gut an die Gesichtsausdrücke der Eltern der Kinder, die es gewagt haben, mich mit nach Hause zu bringen. Bin ich erst einmal irgendwo eingeladen, entwickle ich mich schnell zum nervenden Dauergast inklusive Michael-Jackson-Performance auf dem Wohnzimmerteppich meiner Gastfamilie. Ich fasse mir dabei in den Schritt, schreie und mache Paarungsgesten. Mein Gott! Ich bin erst sieben Jahre alt.

In jeder großen Stadt hätten sie mich weggesperrt oder therapiert. Nicht so im hübschen, kleinen Malta. Warum soll man einen kleinen Jungen wegsperren, wenn man hier, in der kleinen Gemeinde mit der netten katholischen Kirche und dem friedlichen Friedhof, schon gerne mal die Alkoholprobleme des Nachbarn, die von ihrem Mann halb totgeprügelte beste Freundin oder die Frau des Bürgermeisters, die mit dem Gemeindepfarrer im Beichtstuhl fickt, übersieht?

Auch Selbstmorde gibt es in Malta, wie in jedem normalen Bergdorf in Österreich, zuhauf. Gerade für junge Menschen mit Problemen scheint dies der einzige Ausweg. Ich kenne drei fesche Jungs, die den Freitod wählten. Sie spürten, wie ich, schon früh ihre Homosexualität. Aber sie konnten ihre Angst, ihr wahres Ich zu offenbaren, nicht besiegen. Und das Dorf schweigt dazu, damals wie heute.

Bianca ist eine meiner besten Freundinnen. Lange besuchen wir dieselbe Schule. Sie ist immer die Klassenbeste und mit ihren blonden Haaren das hübscheste Mädchen der Schule. Alle sind sich sicher, dass sie der größte Fisch im Netz ist, in dem wir uns alle befinden. Nachdem ich bei meinen Eltern ausgezogen bin, bricht aber auch der Kontakt zu ihr erst einmal ab.

Erst viele Jahre später treffe ich sie, während eines Besuches in meinem Heimatdorf, zufällig auf der Straße wieder. Sie erzählt mir, dass sie ihr Studium abgebrochen hat, weil ein benachbarter Bauernsohn sie geschwängert hat. Als das Kind ein halbes Jahr alt ist, bringt der Typ einfach eine neue Freundin mit auf den Hof. Bianca gibt er zu verstehen, dass sie gehen kann, wenn es ihr nicht passe. Natürlich geht sie. Sie zieht zu ihren Eltern und nimmt eine Arbeit am Fließband in einer nahe gelegenen Schuhfabrik an. Sie trägt ihr Schicksal mit Würde und mit einem Lächeln. Dann macht sie mir Komplimente. Ich käme toll rüber im Fernsehen.

Mir fährt es jetzt noch eiskalt durch meinen von Stöckelschuhen geschundenen Körper, wenn ich an Bianca denke. Wie kann man sich nur von so einem Bauernproll bumsen lassen? Zugegeben: Ich wäre die Erste gewesen – aber doch nicht ohne zu verhüten!

Auch in meiner Familie gibt es die unglaublichsten Geschichten, die nie an die Öffentlichkeit dringen sollen. Das Haus, in dem ich aufwuchs, steht am Rande von Malta. In den siebziger und achtziger Jahren betreibt meine Großmutter Eva hier äußerst erfolgreich eine kleine Pension. Zu den Gästen gehören vor allem Holländer und Deutsche. Meine Oma ist eine gute Seele. Allerdings kann sie auch sehr hysterisch werden, wenn mal etwas nicht nach ihrem Kopf geht. Das hab ich wohl von ihr geerbt. Sie liebt mich über alles und ich liebe sie. Genau wie meinen Opa. Der ist erst Gemeindemitarbeiter, später Museumsdirektor und Zeitungsausträger beim Lesezirkel und betreibt einen kleinen Hühnerhof. Seit dem Zweiten Weltkrieg hat er das Dorf nicht mehr verlassen. Trotzdem ist er ein Kosmopolit, der Feingeist in unserer Familie. Er liebt es, materielle Dinge zu kaufen. Bestellkataloge sind sein Zugang zu der großen, glamourösen Welt. Er ahnt wohl als Einziger, in welche Richtung ich mich entwickeln werde.

Meine Tante Helga ist wie meine Oma Mutterersatz für mich. Von allen Verwandten ist sie mir am ähnlichsten. Zuerst Tankstelleninhaberin, betreibt sie seit ihrer Meisterprüfung einen erfolgreichen Friseursalon im Nachbarstädtchen Gmünd. Sie besitzt einen ausgeprägten Geschäftssinn. Allerdings ist sie nicht in der Lage, Geld zu behalten. Sie ist verschwenderisch, hat aber auch einen gewissen Stil. Es geht das Gerücht um, dass sie nach ihrer Schulausbildung in Hamburg und München als Nutte gearbeitet haben soll.

Bis zu meinem 14. Lebensjahr fehlt es mir an nichts. Tante Helga und meine Großeltern sorgen dafür, dass ich alles bekomme, was sich ein Kind und ein angehender Teenager so wünschen. In meinem Fall sind das Puppen, Schminke und ein rosa Jogginganzug. So einen, wie ihn meine Cousine Andrea trägt. Ich beneide sie darum, ein Mädchen zu sein. Das macht sie zur legitimen Trägerin pinkfarbener Kleider.

Andreas Mutter ist im Gegensatz zu Tante Helga keine Nutte oder Besitzerin eines Haarstudios, dafür würden aber die meisten meiner Freunde jetzt sagen: „Die hat es richtig gemacht." Nach ihrer Friseurlehre hat Tante Liesl nie gearbeitet. Sie wohnt im ersten Stock eines hässlichen Wohnblocks. Verheiratet ist sie mit Onkel Gottfried, einem kauzigen, aber liebenswürdigen Ehemann, der als Tunnelarbeiter mit Extraschichten seine Gesundheit ruiniert, um seiner Frau ihren Lebenstraum von einem eigenen Haus zu ermöglichen. Glücklich ist Tante Liesl trotzdem nie.

Meine Mutter Ulrike liebe ich wirklich. Das war freilich nicht immer so. Mit 16 vom gerade mal 20-jährigen Johann schwanger, zieht sie, Bauerntochter aus dem eher unspektakulären Ort Steinfeld, zu den Eltern des Mannes, den sie liebt.

Ein gigantischer Fehler. Doch ihre eigenen Eltern weigern sich zu akzeptieren, dass ihr Kind Mutter wird. Im Familienklan meines Vaters Johann erwarten sie in den nächsten Jahren viele Demütigungen. Nach meiner Geburt muss sie, um für die Miete ihres winzigen Zimmers aufzukommen, im Gästehaus meiner Oma arbeiten. Von ihrem eigenen Sohn halten meine Großeltern nicht viel, schon gar nicht, dass er in der Lage ist, ein Kind großzuziehen. Dieses Vorurteil übertragen sie auch auf meine Mutter.

Im Winter wohnen meine Eltern also in einem kleinen Zimmer im ersten Stock der kleinen idyllischen Pension meiner Oma. Im Sommer müssen sie in den Keller ziehen, da Oma das Zimmer an Urlauber vermietet. Erst nach Jahren erkämpft sich meine Mutter eine Küche zu ihrem Zimmer und das Recht, im Sommer nicht mehr ausziehen zu müssen. Bis zum Tod meiner Großmutter werden sich die beiden wichtigsten Frauen in meinem Leben nicht mehr vertragen.

Mein Vater Johann bekommt nach seiner Lehre als Automechaniker eine Festanstellung beim Bundesheer. Als ich 1979 zur Welt komme, ist er zu jung, um den Vater zu spielen. Er zieht lieber mit seinen Kumpels durch die Gegend. Statt Vaterliebe gibt es Schläge und Ablehnung für mich. Einmal – ich bin etwa acht oder neun Jahre alt – verstelle ich am Radiogerät seinen geliebten Volksmusiksender. Darauf schlägt er mir mit solcher Wucht in den Bauch, dass ich zu Boden stürze und kaum noch Luft bekomme. Von all den Schlägen, die ich in den folgenden Jahren von ihm bekomme, ist dies das brutalste Ereignis, an das ich mich erinnere. Er hätte sich niemals mit einem Erwachsenen geprügelt, doch an seinen Kindern lässt er sich aus.

Mein Bruder Michael erfährt mehr Liebe durch meine Eltern als ich. Wohl auch, weil meine Mutter ihn – anders als bei mir – nicht an die Großeltern abgibt. Er ist kein tuntiges Kind und so kommt auch Vater ganz gut mit ihm klar. Michael erhält Geschenke und darf mit unserem Vater zu Angelausflügen fahren. Schon früh ist klar: Ich bin nicht der Sohn, den Vater sich vorgestellt hat. Michael ist auch in der Schule immer besser als ich. Und ist bis zum zwölften Lebensjahr auch hübscher als ich – ganz objektiv gesehen. Zu dem Zeitpunkt sehe ich nämlich aus wie Robert Smith von The Cure oder Bill Kaulitz von Tokio Hotel und entwickle mich, zum Leidwesen meiner Eltern, immer mehr zu Boy George. Meine Talente fallen meinen Eltern nicht auf. Und meinen Vater hätte ich nicht beeindrucken können, selbst wenn ich den Friedensnobelpreis bekommen hätte.

Michael lernt Koch, macht einen guten Abschluss, entwickelt sich zum Rockmusiker und spielt sogar in einer Band. Ich schließe meine Ausbildung als Konditor ab. Nebenbei gebe ich eine kleine, aber beliebte Zeitung mit Namen „Edelweiß" heraus, Auflage immerhin 200 Stück. Und ich beginne, Rave- und Undergroundpartys auf dem Gelände einer alten Burg zu veranstalten und erstes Geld damit zu verdienen. Leider sehen die Kulturbeauftragten im Ort das gar nicht gerne und unterstellen mir, dass ich die Jugend über Partys womöglich zu Drogen verführe. Partyveranstalter gilt ihnen als der unseriöse Beruf schlechthin. So ist dieser erste Ausflug in die Welt des kreativen Organisators von kurzer Dauer.

Längst bin ich als Schwuler über die Dorfgrenzen hinaus bekannt. Zu Irritationen kommt es, als Bettina, die Tochter einer ehemaligen Lehrerin von mir, in mein Leben tritt. Sie wird meine beste Freundin und meine erste „Gabi". So werden die besten Freundinnen von Schwulen in der Homosexuellenszene genannt. Wir sind unzertrennlich und so beginnt das Getuschel: Was macht der Schwule mit einer Frau?

Die Gerüchteküche brodelt, als ich bei einem Wienbesuch einen Radiomoderator kennenlerne. Ich bin 17, er ist 28. Er besucht mich mehrmals in Malta – und übernachtet sogar bei uns zu Hause. Meine Mutter tut bestimmt die ganze Nacht kein Auge zu. Ich versuche beim Sex leise zu sein. Johannes ist meine erste große, intensive Liebe, ein wundervoller Mann, an den ich auch heute noch gerne denke. Nach einem halben Jahr geht Johannes zu seiner Ex-Freundin, einer ägyptischen Prinzessin, zurück, was mir das Herz bricht. Das Drama beginnt. Meine besten Freunde, Bettina und Gebbi, durch die ich Johannes kennengelernt hatte, stehen mir in der ersten richtigen Krise meines Lebens zur Seite.

Eine zweite folgt, als mein Großvater stirbt. Zum ersten Mal verliere ich einen Menschen, den ich liebe. Zum ersten Mal begegne ich dem Tod. Mit Drogen will ich meine Depressionen, meinen Schmerz lindern, aber sie machen alles nur noch schlimmer. Wieder steht mir Bettina bei.

Als ich mich einigermaßen erholt habe, ist mir klar: Es ist Zeit, nach vorne zu schauen. In Malta wird es keine Zukunft für mich geben. Bettina, die gerade ihre Ausbildung zur Diplomkindergärtnerin abgeschlossen hat, sieht die Dinge ähnlich. Gemeinsam beschließen wir, durchzubrennen.

# Was ich zwischendurch so gemacht habe

Der Weg in die große Freiheit führt zunächst nur zwei Dörfer weiter nach Trebesing. Dort ziehen Bettina und ich in die leer stehende Wohnung von Bettinas Vater. Er lebt als Architekt in München und nutzt diese Wohnung nur alle zwei Monate für ein paar Tage. Sie ist sehr geräumig und befindet sich im Betonfundament einer Scheune.

Es ist kurz vor Weihnachten und furchtbar kalt. Lediglich ein Ölofen im Wohnzimmer sorgt für Wärme. Während ich Kekse backe, überlegen wir, wie es nun weitergehen soll. Weder Bettina noch ich haben einen Masterplan für unsere Zukunft geschweige denn Geld. Aber wie war das doch gleich? „Ich war jung und brauchte das Geld ..." Kurzentschlossen lasse ich mich bei einer österreichweit agierenden Callboyagentur registrieren, was einfacher ist, als ich gedacht habe. Man wird in die Kartei aufgenommen; entspricht man dem Wunsch-Typen eines Kunden, erhält man einen Anruf von der Agentur. Den Termin kann man nach eigener Zeit und Lust planen. Am Tag nach dem Date überweist man 45 Prozent der Einnahmen an die Agentur. Den Rest kann man behalten.

Bei meinem allerersten Kunden schlackern mir ganz schön die Beine – und nicht nur die. Ich fahre nach Villach, eine der nahe gelegenen, größeren Städte in Kärnten. Das Treffen soll in einer Privatwohnung stattfinden. Ich bin sehr aufgeregt und schwitze. Es ist die Angst vor dem Unbekannten, aber ich muss gestehen, dass ich auch einen spannenden, erotischen Flash verspüre.

Ein großer Mann, etwa 35 Jahre alt, öffnet mir die Tür. Er hat dunkles, volles Haar, weiße, schöne Zähne und einen goldbraunen Teint. Er ist sehr höflich und erscheint mir einfühlsam. Zudem finde ich ihn hübsch. Das nimmt mir ein wenig die Angst. Er führt mich durch den Flur der eher bürgerlich wirkenden Wohnung. Mit einem schnellen Schwung öffnet er eine Holztür und bedeutet mir mit einer kleinen Geste einzutreten. Als er das Licht im Zimmer anmacht, stehe ich in einem knallbunten Raum, inmitten von Hunderten von Spielsachen. Ich beginne zu verstehen. Der Mann ist verheiratet und hat Kinder. Während die Familie wahrscheinlich bei netten Verwandten zum Kaffeetrinken ist, holt sich Daddy einen Stricher ins Haus. Mit Sicherheit ist das der Alptraum jeder Ehefrau.

Daddy bittet mich, auf einem der beiden kleinen Kinderbetten Platz zu nehmen. Er kramt in einem Wandschrank in den Klamotten seiner Kids herum und zieht zwei weiß glänzende, mittellange Seile hervor. Ob er den Kindern normalerweise mit diesen Stricken Zauberkunststücke vorführt? Heute Abend haben sie aber definitiv eine andere Funktion. Ich merke, wie ich zu zittern anfange. Was soll ich tun, wenn er mich damit fesseln will? „Er bringt mich um!", geht es mir durch den Kopf, und ich habe Angst. Doch er beginnt ganz ruhig, sich auszuziehen und bittet mich, dies auch zu tun. Als ich Daddy nackt sehe, durchströmt mich eine warme Geilheit. Der Typ hat den absoluten Traumkörper, wohl definiert und ohne ein Gramm Fett. Sein Schwanz ist fleischig, dick, aber noch nicht steif. Daddy kommt auf mich zu und drückt mich sanft an den Schultern nach unten, um mir zu signalisieren, dass ich ihn nun oral befriedigen soll.

Mit meiner zitternden Hand befühle ich erst seinen Schwanz, reibe ihn, dann nehme ich ihn in den Mund. Ich blase sein Glied, bis es hart ist. Dann fasst er mir gekonnt unter die Arme, wirft mich rücklings aufs Bett und legt sich zu mir. In der Hand noch immer die zwei weißen Seile. Ich schaue zu, wie er Schlingen knotet und sie sich um seinen Schwanz und seine Eier wickelt. Bestimmt, aber höflich bittet er mich, die Schnüre nun eng zusammenzuziehen und ihn weiter zu blasen. Er bemerkt, dass ich zittere, geht aber nicht darauf ein. Eng ziehe ich das Seil zusammen und blase, was das Zeug hält. Es bereitet ihm höchste Lust. Er schreit und stöhnt laut. Ich denke mir nur: „Wann kommt der denn endlich?" In diesem Moment spritzt sein Sperma gegen meine rechte Wange und meine Schulter.

Er entspannt sich, löst die Schnüre und holt mir ein Küchentuch, mit dem ich mich säubern kann. Als wir beide wieder angezogen sind, gibt er mir die für eine Stunde Sex vereinbarte Summe. Das war es! Ich habe meinen ersten Kunden erfolgreich hinter mich gebracht. Jetzt bin ich nicht nur eine 18-jährige Hure, nein, nun bin ich eine 18-jährige Hure mit Berufserfahrung.

In Kärnten scheint es nicht allzu viele Callboys zu geben, denn meine Geschäfte laufen gut. In den nächsten zwei Monaten habe ich zahlreiche Kunden; pro Woche sind es drei bis fünf. In der Regel fahre ich mit dem roten, alten Golf, den ich mir gleich nach der Lehre zugelegt habe, zu ihnen.

Jeder hat andere Vorlieben. Ich mache alles mit, nur ficken lasse ich mich nicht. Manche der Männer wollen nur reden. Einige sind uralt und sehen ihre Rente wahrscheinlich gut in mir investiert. Ein junger Bäckerlehrling, der noch bei seinen Eltern lebt, verpulvert sein gesamtes Monatsgehalt für mich.

Zu meinen Kunden zählt auch ein katholischer Gemeindepfarrer, der sich am Boden des Pfarrhauses von mir von hinten nehmen lässt, und mich – da bin ich mir sicher – mit dem Geld aus dem Opferstock bezahlt. Ich besuche Politiker, Zahnärzte und Polizisten. Ein Sozialhilfeempfänger leckt mir das Arschloch in seinem WG-Zimmer und ein stinkreicher Millionär lässt sich im Kingsizebett eines Nobelhotels Dildos in den Po schieben. Währenddessen trinkt er Champagner Rosé.

Nicht alles läuft angenehm ab. Ein Kunde hat Gefallen an mir gefunden und bucht mich manchmal mehrmals die Woche. Für mich ist er ein fettes und perverses Schwein. Erst muss ich ihn eine gute halbe Stunde mit allen möglichen und unmöglichen Instrumenten schlagen und quälen. Dabei schreit, röchelt und atmet er schwer vor Wonne. Für mich ist das richtig harte Arbeit. Dann will er an einem schweren Eichentisch angebunden und gefickt werden. Wenn ich meinen Schwanz aus ihm herausziehe, klebt Scheiße am Kondom. Ekelhaft. Nach einigen Wochen ist mir das zu viel. Ich fahre nicht mehr zu ihm.

Bettina und ich leben gut von meinem Job. Wir gehen oft ins Kino und jeden Tag zweimal essen, kaufen uns jede Menge unnötige Dinge, die uns gefallen.

Zweimal komme ich auch in gefährliche Situationen bei meiner Arbeit. Als Treffpunkt ist ein Parkplatz in der Nähe von Villach vereinbart. Dort erwartet mich ein etwas skurril aussehender Typ. Er hat eine dünne Figur, ungepflegtes Haar und trägt ein recht hässliches Kassengestell. Er bittet mich, in sein Auto umzusteigen, denn er will mit mir um die Ecke fahren, wo wir etwas ungestörter sind. Eigentlich hätte ich hier schon ein Alarmglöckchen hören sollen. Aber obwohl er etwas dümmlich und unsicher wirkt, ist er recht freundlich. Ich steige zu ihm in den Wagen. Die Fahrt geht in einen nahe gelegenen Wald. Es ist dunkel. Ich frage ihn drei Mal, wie lange wir denn noch fahren, und jedes Mal ist seine Antwort: „Nur ein kleines Stück noch." Langsam bekomme ich Angst, versuche aber, mir nichts anmerken zu lassen. Wir halten schließlich mitten auf einer Wiese auf einer Bergkuppe. Um uns herum nur düsterer Wald. Die Agentur hat uns Callboys angeraten, bei dubiosen Kunden erst nach dem Geld zu fragen. Doch als ich die Bezahlung verlange, beharrt er ganz ruhig darauf, dass ich ihm erst einmal einen blasen soll. Ich mache es natürlich nicht und bestehe darauf, dass er mich wieder zurückfährt. Er wird ungeduldig. In mir kriecht Panik hoch. Ich drohe damit, auszusteigen und zu Fuß zurückzugehen. Kaum habe ich es ausgesprochen, wird mir klar, was für eine dumme Idee das wäre. Ich würde mich hoffnungslos verirren.

Abrupt steigt er aus dem Auto aus und geht zum Kofferraum. Er sucht etwas. Hektisch krame ich nach meinem Handy. Kein Empfang! Es ist tatsächlich so, wie man es aus billigen Horrorfilmen kennt. Wenn man in Gefahr ist, geht das Handy aus unerklärlichen Gründen nie. Er kommt zurück, setzt sich wieder auf den Fahrersitz neben mich. In seiner Hand hält er ... eine Dose Red Bull. Mir platzt der Kragen, wütend schreie ich ihn an, mich sofort zurückzufahren. Er scheint leicht eingeschüchtert, gibt aber immer noch nicht nach. Ich lüge ihm vor, ich hätte, während er am Kofferraum war, einem Freund eine SMS mit seinem Autokennzeichen geschickt. Es sei ein Notfallsignal und der Freund würde in einer Stunde die Polizei anrufen, wenn ich mich nicht melde. Das zieht. Einen kurzen Moment bin ich selbst von meinen Schauspielkünsten beeindruckt. Er lässt den Motor an, fährt wortlos zurück durch den Wald, die Straße den Berg hinunter. An einer stark befahrenen Landstraße fährt er rechts ran, wirft mich aus dem Wagen, tritt aufs Gas und ist weg. Zum Glück erkenne ich die Straße wieder. Ich bin sie auf dem Weg zum Treffen entlanggefahren. Leider wird mir auch schnell klar, dass es ziemlich weit bis zum Parkplatz ist, auf dem mein Golf steht. Trotzdem halte ich keines der vorbeibrausenden Autos an. Nach dem, was mir gerade passiert ist, ist mir nicht nach anderen unbekannten Menschen zumute. Fast eine Stunde marschiere ich zurück zu meinem Auto. Genug Zeit, über mich selbst und über mein Handeln nachzudenken.

Einige Wochen später bin ich wieder zu einem Kunden unterwegs. Glücklicherweise – wie sich herausstellen soll – finde ich das angegebene Haus nicht auf Anhieb und rufe bei der Agentur an. Ich befinde mich an einer kleinen Kreuzung an einem Waldrand, parke auf einem Schotterweg neben der Straße, der Kunde soll mich doch bitte hier abholen. Es ist noch hell. Ich warte und sehe kurze Zeit später im Rückspiegel meines Autos eine Person mit Baseballmütze auf mich zulaufen. An der geschmacklosen Kassenbrille erkenne ich ihn sofort: Es ist der unheimliche Typ von der Waldlichtung. Er muss sich unter anderem Namen und mit anderer Telefonnummer wieder bei der Agentur eingeschlichen haben. Ich verriegle blitzschnell das Auto von innen. Ich kann nicht nach vorn fahren, da der kleine Weg sich verengt und in den Wald führt. Da ist kein Durchkommen. Der Typ bemerkt, dass ich ihn erkannt habe und abhauen will. Er stellt sich einfach hinter meinen Wagen und will mich auf diese Weise blockieren. Nicht mit mir! Ich lege den Rückwärtsgang ein und trete das Gaspedal durch. Vor Schreck springt er zur Seite, drischt dann wie wild auf meinen Wagen ein. Mit quietschenden Reifen biege ich vom Schotterweg auf die Straße ein, lege den Vorwärtsgang ein und brause mit hundert Sachen davon.

Zu Hause in Sicherheit rufe ich bei der Agentur an, auch dort ist die Aufregung groß. Ab jetzt, so schwöre ich mir, nehme ich nur noch Hotelbesuche an. In einem Hotel ist immer jemand in der Nähe, zumindest das Personal.

Bettina macht sich die schlimmsten Vorwürfe, als ich ihr den neuerlichen Vorfall erzähle. Ich beruhige sie und entgegne ihr, dass ich ohne diesen Job gar keinen Sex hätte. Meine Arbeit tut mir gut, ich fühle mich begehrt. Allerdings: Die Aussicht, den

Rest meines Lebens durch das Lutschen von Schwänzen zu finanzieren, ist nicht berauschend. Meine Eltern haben zu diesem Zeitpunkt schon alle Hoffnung aufgegeben, dass aus mir noch mal was wird. Bettinas Mutter macht uns beiden dagegen heftigen Stress. Sie weiß nichts von meiner Arbeit als Callboy und denkt, wir leben völlig sinnlos in den Tag, ohne genug zu essen.

Es muss sich also etwas ändern. Bettina und ich beschließen, uns einen anderen Gelderwerb zu suchen.

# Schlaflos in Salzburg

Um einen klaren Kopf zu bekommen, fahren wir an einem verregneten Herbsttag 1998 nach Salzburg zu Bettinas nicht geoutetem, schwulem Cousin Thorsten. Der wohnt in einer WG zusammen mit seinem fetten, deutschen Freund Bernhard und Maria, der Tochter eines Salzburger Politikers. Maria trägt feuerrotes Haar und ausschließlich schwarze Klamotten. Sie schläft am Tag und ist fast nur nachts aktiv. Sie hört Musik von Gothic-Bands und isst so wenig, dass sie manchmal im Supermarkt oder mitten in der Fußgängerzone zusammenklappt. Sie ist mit dem überirdisch schönen und für Salzburger Verhältnisse top gestylten Nick zusammen. Daneben unterhält sie eine Affäre mit der lesbischen Lehrerin Rita. Nick ist nicht sehr begeistert davon, duldet es aber. Maria ist ein Kumpeltyp, auf den man zählen kann. Ich mag sie sehr. Genau wie den vierten Bewohner der WG: Andy.

Andy ist ein liebenswerter Narzisst, schwul und drauf und dran, in der Pornoindustrie Fuß zu fassen. Er verfügt – mittlerweile habe ich genug Vergleichsmaterial gesehen, um mir ein Urteil erlauben zu können – über ein überdurchschnittlich großes Glied. In seinem Zimmer hängen an allen Wänden Nackt- und Pornofotos von ihm.

Bettina und ich durchforsten unzählige Zeitungen nach Stellenangeboten. Wir wollen möglichst im selben Betrieb arbeiten. Weil sich nicht sofort das Passende finden lässt, melde ich mich, um Geld zu verdienen, wieder bei meiner Begleitagentur an, nun für die Stadt Salzburg. Schnell habe ich die ersten Kunden.

Dann mache ich einen folgenschweren Fehler, den ich mir bis heute nicht verzeihen kann: Bettina braucht ebenfalls Geld und so bittet sie mich, über die Agentur auch ein Date für sie klarzumachen. Sie wirkt entschlossen, will es versuchen. Eigentlich reicht mein Geld locker für uns beide. Aber Bettina hat schon lange mit keinem Mann mehr Sex gehabt. Vielleicht sieht der Typ ja gut aus und Bettina hat Spaß daran. Ich rede ihr die Idee nicht aus. Zwei Tage später meldet sich die Agentur. Es gibt einen interessierten Kunden.

Wir fahren zu einem kleinen Haus am Stadtrand von Salzburg. Sie steigt aus und ich warte um die Ecke im Auto. Es ist Winter und eisig kalt. Der Kunde hat eine Stunde gebucht. Ich schaue immer wieder auf die Uhr, merke, dass ich unruhig werde. Als die verabredete Zeit um ist, gebe ich ihr noch zehn Minuten. Aber auch dann kommt Bettina nicht aus dem Haus. So fahre ich mit dem Auto direkt vor die Haustür, warte noch einmal fünf Minuten, dann wähle ich die Nummer ihres Handys. Sie geht nicht ran. Panisch wiederhole ich den Versuch. Es klingelt, dann nimmt Bettina endlich ab. Sie sagt, es sei alles okay. Sie brauche noch ein bisschen Zeit. Ich bin erst mal beruhigt und stelle den Motor aus. Etwa eine Viertelstunde später tritt sie aus der Tür. Ich bin erleichtert.

Noch im Auto will ich alles ganz genau wissen. Wie sah er aus? War er nett? Toller Schwanz? Guter Liebhaber? Bettina erzählt mir alles detailliert und scheint mächtig stolz, gleich beim ersten Date das Geld für zwei volle Stunden kassiert zu haben. Wir fahren an eine Tankstelle und kaufen uns Bier und Chips, dann geht es zurück in die WG ihres Cousins. Dort warten alle auf uns und Bettina muss die Story ein zweites Mal zum Besten geben.

Spät nachts sitzen Bettina und ich im Wohnzimmer auf dem Sofa. Die anderen sind schlafen gegangen, wir sehen fern. Das Licht ist in der ganzen Wohnung aus, nur das Flimmern des Fernsehers erhellt unsere Gesichter. Den Ton haben wir leise gedreht. Ich wende meinen Blick vom Fernsehbild weg, schaue zu Bettina – und sehe, wie ihr Tränen aus den Augen strömen. Ich spreche sie darauf an, und es bricht aus ihr heraus. Sie hat den heutigen Sextermin überhaupt nicht verkraftet. Der Typ habe ausgesehen wie ihr Vater, berichtet sie mit erstickter Stimme. Während des ganzen Aktes musste sie an ihn denken. Ich nehme sie fest in den Arm, versuche sie zu trösten. Was bin ich nur für ein Freund? Habe ich nicht bemerkt, dass Bettina für einen Job dieser Art viel zu sensibel ist? Nun kommen auch mir die Tränen – Tränen, die Bettina leider nichts mehr nützen. Wir sprechen nie mehr über diesen schrecklichen Zwischenfall und konzentrieren uns wieder auf die eigentliche Jobsuche.

In Tirol sucht ein Hotel einen Kellner und ein Kindermädchen. Ein kleines Problem gibt es allerdings: Ich habe noch nie gekellnert. Glücklicherweise ist meine Freundin Ulla in Kärnten bereit, mir zu helfen. Sie betreibt mit ihrer Familie das Burgrestaurant, in dem ich vor wenigen Jahren meine Rave-Partys veranstaltet habe. Nach einem Crashkurs bei ihr kann ich zwar immer noch nicht servieren, aber sie ist so freundlich, mir ein erstklassiges Zeugnis auszustellen. Bettina und ich bewerben uns und werden tatsächlich genommen.

Schon zwei Tage später beziehen wir unser gemeinsames Personalzimmer im Tiroler Ort Vent. Das kleine Bergdorf wirkt nett, erinnert mich allerdings an Malta. Nicht weit von hier wurde 1991 eine Gletschermumie in ihrem kalten Grab gefunden. Der Ötzi erlangte schnell internationale Berühmtheit, weswegen es hier auch zur Erinnerung eine Ötzi-Bar gibt.

Im Hotel sind wir schnell eingearbeitet. Nach der Eingewöhnungsphase versuche ich allerdings vergeblich, Kontakt zu meinen Arbeitskollegen aufzubauen. Mir fällt auf, dass hier niemand mit mir redet. Wenn ich beispielsweise zu meiner Chefin „Guten Morgen!“ sage, bekomme ich statt einer Antwort nur einen bösen Blick. Ich nehme es hin und denke mir, dass sich das bessern wird, wenn man sich an mich gewöhnt haben wird. Ist mein Auftreten zu tuntig?

Bei den Gästen dagegen bin ich beliebt. Ich bin gut gelaunt und freundlich zu ihnen. Mittlerweile serviere ich so gut, dass es keinem mehr auffällt, dass ich nicht aus der Branche komme. Manche stecken mir sogar ihre Adresse zu, weil sie mit mir in Kontakt bleiben wollen. Trinkgelder bekomme ich nicht, denn mir ist das Kassieren verboten. Die Hotelbesitzer trauen mir nicht. Wie die Angestellten schimpfen auch sie über die blöden Deutschen, die dummen Holländer, über die schwulen Berliner und die anstrengende Großfamilie aus Rostock. Wenn die ungeliebten Gäste dann aber zum Frühstück oder zum Abendessen ins Restaurant kommen, werden sie mit breitestem Lächeln empfangen.

Mich quälen diese Verlogenheit und die Kälte mir gegenüber. Anders als gehofft, ändert sich an den Zuständen auch nach einem Monat nichts. Ich werde zunehmend depressiv. Außer Bettina und den Gästen spricht niemand mit mir. Bettina ergeht es zum Glück besser. Als einzige Kinderbetreuerin ist sie ihre eigene Chefin. Mit ihr sprechen die Hotelangestellten.

Als eine Gruppe Skilehrer an einem großen Tisch im Restaurant sich über mich lustig macht, raste ich aus und beschimpfe sie vor den anderen Gästen aufs Übelste. Danach reiche ich bei den Hotelbesitzern mit erhobenem Haupte meine Kündigung ein.

# Liebe zu vermieten

In Salzburg kann man den Frühling schon spüren. Schneeglöckchen und Krokusse sprießen überall und die Enten und Schwäne, die auf der Salzach schwimmen, sind auf Partnersuche. So sehr ich mich über das Wiedersehen mit Maria freue, nervt mich ihre laute Musik, die sie vorzugsweise nachts hört. Ich kann kaum schlafen. Eine eigene Wohnung kann ich mir ohne festen Job nicht leisten, und so melde ich mich telefonisch auf eine Zeitungsanzeige einer WG, die einen Studenten als Mitbewohner sucht. Ich bin zwar kein Student, aber versuche trotzdem mein Glück.

Wie es der Zufall will, meldet sich am anderen Ende der Leitung Bärbel, genau wie Bettina die Tochter einer ehemaligen Lehrerin von mir. Bärbel kommt aus einem Nachbardorf Maltas namens Fischertratten und sie ist dort ähnlich beliebt wie ich in Malta. Ich schau mir also die Wohnung und das Zimmer an, es gefällt mir sehr gut und ich sage zu. Leider kann ich meine zwei Mitbewohner nicht kennenlernen, denn sie sind zu Dreharbeiten außer Haus. Beide heißen Phillip – Phillip Schropp und Phillip Feucht – und studieren Schauspiel am Mozarteum, einer der renommiertesten Schauspielschulen im deutschsprachigen Raum.

Maria und Andy sind mir beim Umzug behilflich. Weil Bärbel verreist ist, habe ich die neue Wohnung erst einmal einige Tage für mich alleine. Natürlich kann ich es kaum abwarten, meine beiden Mitbewohner kennenzulernen, von denen mir Bärbel nur das Beste erzählt hat. Ich schnüffle ein wenig in ihren Privatsachen herum. Etwas wirklich Aufregendes kann ich aber nicht finden, weder Sexspielzeug noch Tagebücher und auch keine Nacktfotos oder Liebesbriefe.

Das Zimmer von Phillip Feucht sieht so aus, wie man es von einem Studenten erwartet: unordentliche Wäschehaufen, Staub und ein ungemachtes Bett. Das Zimmer von Phillip Schropp beeindruckt mich hingegen sehr. Dieser Typ hat Stil. Sein Zimmer, in dem es wunderbar riecht, ist sehr puristisch eingerichtet. Er muss Buddhist sein, kommt es mir in den Sinn, als ich die umherstehenden ethnisch-religiösen Gegenstände sehe. Allerdings befinden sich auch einige Kruzifixe dazwischen. Er scheint also ein religiös eher verwirrter junger Mann zu sein. Ich entdecke mehrere Fotos von ihm. Er ist unglaublich hübsch. Immer öfter betrete ich das Zimmer, sitze stundenlang auf dem weißen, flauschigen Teppich. Längst schon habe ich mich in Phillip Schropp verliebt.

Doch zunächst steht ein Vorstellungstermin in einem Schickimicki-Café namens Hollywood an. Da meine natürliche Art, mich zu geben, in Tirol nicht gerade auf fruchtbaren Boden gefallen ist, versuche ich dieses Mal, mich möglichst „heterosexuell" zu geben. Wahrscheinlich werde ich nur deswegen gleich eingestellt, weil ich jung bin und nicht widerspreche, als man mir den geringen Stundenlohn mitteilt. Arbeitszeiten sind Montag bis Freitag von 13 bis 18 Uhr. Die Wochenenden hab ich frei. Die Gäste im Hollywood sind hauptsächlich Geschäftsleute, die den Mittagstisch nützen oder nachmittags ihren Kaffee dort trinken. Martin, mein Chef, ist zwar ein bisschen faschistisch angehaucht und definitiv ein Wähler der Partei des Rechtspopulisten Jörg Haider, aber er gewöhnt sich schnell an mich. Tatsächlich habe ich schon nach kurzer Zeit das Gefühl, dass er mich wirklich mag.

Neben Martin bin ich der einzige Kellner. In der sechs Quadratmeter großen Küche arbeiten noch ein Koch namens Cookie und eine polnische Küchenhilfe. Cookie ist ein ebenso liebenswerter wie geiler Bock. Jedes Mal, wenn ich ihn sehe, stelle ich mir vor, wie er mich in seiner Küche auf der glühenden Herdplatte rannimmt und wir gemeinsam ein köstliches „Salatdressing" machen. Dieser Wunsch bleibt mir jedoch gänzlich unerfüllt. Das Hollywood erweist sich jedenfalls als ein toller Arbeitsplatz mit angenehmen Mitarbeitern und interessanten Gästen, und ich fühle mich so wohl wie lange nicht.

Phillip Feucht kehrt als erster der beiden Phillips in die Wohnung zurück. Ein echter Naturbursche mit Charme. Wir verstehen uns auf Anhieb und gehen am Abend gemeinsam essen. Wir lachen viel, er erzählt mir lustige Geschichten über Bärbel und vertraut mir unabsichtlich kleine Geheimnisse über Phillip Schropp an. Als ich am nächsten Morgen schlaftrunken im Bad stehe, kommt Phillip Feucht herein und fragt mich, ob ich gut geschlafen habe. Ohne ein Gefühl von Scham lässt er seine Unterhose runter und steigt in die Badewanne, um sich zu duschen. Bei dem, was ich zwischen seinen Beinen sehen kann, bedauere ich, dass dieser Mann heterosexuell ist.

Ein paar Tage später lerne ich dann endlich Phillip Schropp kennen. Ich komme von der Arbeit nach Hause, öffne die gläserne, schwere Wohnungstür, gehe mit den Einkäufen, die ich auf dem Heimweg getätigt habe, in die Küche – und da steht er und kocht sich Kräutertee. Ich habe mich zwar gedanklich mehr als hundert Mal auf diesen Moment vorbereitet, mir vorgenommen, ganz cool zu bleiben. Aber nun, da es wirklich passiert, bin ich alles andere als das. Ich überhöre, dass er mich fragt, ob ich auch einen Kräutertee will, und quatsche lässig drauflos. Mir wird heiß und kalt. Ich erfinde einen Vorwand, um die Küche verlassen zu können. Im Nachhinein erscheint es mir als spätpubertäre Verrücktheit, dass ich mich so heftig in Phillip verguckt habe.

Die Phillips und ich verbringen viel Zeit miteinander. Ich erfahre, dass Phillip Feucht eine Freundin in seiner Heimatstadt

Regensburg hat und in diversen TV-Krimiserien mitgespielt hat. Phillip Schropp hat vor dem Beginn seines Studiums in Salzburg zwei Jahre in einer erfolgreichen Vorabendserie des Fernsehsenders RTL mitgespielt. Hellhörig werde ich, als er erzählt, dass er in Hamburg war, um sich von seiner Freundin zu trennen. Ein Mann, der solo ist und Trost sucht – das sind gleich zwei Aufgaben für mich! Und er nimmt in den nächsten Wochen meinen Trost gerne an. Ich tue fast alles, ihm zu gefallen, und bleibe so stilvoll dabei, wie es mir möglich ist.

Bettina unterdessen hat ihren Job im Hotel in Vent verlängert. Es geht ihr dort offensichtlich gut, denn sie schläft abwechselnd mit Skilehrern und den Vätern der Kinder, auf die sie aufpasst. Wir telefonieren täglich miteinander und halten uns gegenseitig auf dem Laufenden, was unsere Männer angeht. Wir fassen den Plan, zum Sommerende gemeinsam nach London oder Berlin zu gehen. Wie oft haben wir schon von einem Ausflug in eine der Weltstädte geträumt. Das Geld würde reichen. In ihrem Bergdorf gibt es für Bettina keine Gelegenheit, ihren Lohn auszugeben. So spart sie alles. Meine Arbeit im Hollywood bringt mir zusätzlich noch gute Trinkgelder ein, zudem habe ich noch ein Praktikum bei einem Schlagersender begonnen und über die Begleitagentur melden sich immer wieder Kunden.

Die Dinge laufen also gut, ich fühle mich kreativ und lebendig. Das Geld des Praktikums verwende ich hauptsächlich dafür, Kunstprojekte zu finanzieren, die mir schon lange im Kopf herumschwirrten. Ich widme mich der Malerei, fertige Collagen an und beschäftige mich mit Fotografie. So sieht mein Zimmer bald mehr nach einem Atelier denn nach einem Wohnraum aus: einer Matratze, ein pinkfarbener, aufblasbarer Plastikstuhl und auf dem Boden und an den Wänden unzählige meiner Kunstwerke. Die wenigen Kleidungsstücke, die ich besitze, liegen wild in einer Ecke. Nur die Hemden fürs Hollywood sind, fein gebügelt, am Fenster aufgehängt. Unordentlich war ich immer schon. Aber ich sage mir immer: Nur ein Genie beherrscht das Chaos.

Phillip Feucht bittet mich, Fotos für seine neue Agenturmappe von ihm zu machen. Es wird ein tolles Shooting! Die Fotos erweisen sich zwar als für die Mappe unbrauchbar, doch vom künstlerischen Aspekt her sind sie sehr anspruchsvoll. Meine Salzburger Freunde sind begeistert.

Wenig später bekomme ich mit meinen bunten Collagen von Marlene Dietrich und von einem elektrischen Stuhl eine Einzelausstellung am Kleinsasserhof, einem bekannten Treffpunkt vieler Stars und Künstler in Kärnten, mit dessen Wirtin ich sehr gut befreundet bin. Ich bin also einigermaßen stolz auf mich und was ich geleistet habe.

Es ist ein verregneter Abend. Ich liege auf meiner Matratze und lese in einem Buch, als es an der Tür klopft. Phillip Schropp will mich zum Essen einladen. Ich willige ein und er ruft sogleich in seinem Lieblingsrestaurant an, welches ich noch nicht kenne. Er sieht fantastisch aus: ganz in schwarz, seine blonden, kurzen Haare leicht mit Gel durchwuschelt, ein Dreitagebart und die Lippen so voll wie die von Moritz Bleibtreu. Ich schmelze. Da gehe ich also mit meiner großen Liebe den Fluss Salzach entlang, quer durch die Salzburger Altstadt. Vorbei an Mozarts Geburtshaus in der Getreidegasse, vorbei am Domplatz, auf dem die berühmten Salzburger Festspiele stattfinden. Wir unterhalten uns prächtig. Der Himmel ist grau, und als wir über eine große barocke Brücke schlendern, fallen wenige, aber sehr dicke Regentropfen auf uns herab. Die Schwäne springen unter der Brücke ans Ufer, um im Schlaf nicht von der Strömung weggetrieben zu werden. Ein Auto mit heruntergelassen Scheiben fährt an uns vorbei. Darin sitzen zwei Proletenweiber und hören „Endless Love“ von Diana Ross und Lionel Richie. Alles ist auf einmal so wahnsinnig ... Mozart. Nur Phillip kriegt von all dem nichts mit und fängt an zu rennen, damit er nicht nass wird.

Das Restaurant ist Salzburgs erste Adresse. So nobel war ich noch nie in meinem Leben aus. Als Bursche vom Land bestelle ich als Aperitif einen riesigen Cocktail mit viel drin und viel Dekor drumherum! Phillip ordert stilvoll ein Glas Champagner. Als wir das Essen bestellen, überlasse ich Phillip die Wahl. Ich versinke fast im Erdboden angesichts meiner Unwissenheit, aber all diese französischen Wörter auf der Speisekarte sagen mir gar nichts. Er ordert zum Essen einen edlen Weißwein, ich den Cocktail, der unter dem auf der Karte steht, den ich gerade hatte. Das Essen ist irgendetwas mit Fleisch, Feigen und Passionsfrüchten. Kleine Portion auf großem Teller. Zart und köstlich. Weiter geht es mit vielen Cocktails, Champagner und auch einmal einem leckeren Glas Wein für mich. Am Ende zückt Herr Schropp seine goldene Visa-Karte und bezahlt alles.

Betrunken wackeln wir den Weg zurück. Phillip macht mir noch mal Komplimente für die schönen Fotos von Phillip Feucht. Er fragt mich, ob ich auch Aufnahmen von ihm machen könnte. Er suche schon lange nach einem Fotografen, den er kenne und dem er vertraue, denn es sollen Nacktfotos werden. Schlagartig bin ich wieder nüchtern. Es erscheint mir wie eine Szene eines zweitklassigen, schwulen Pornofilms – und ich höre mich sagen, dass ich auch gleich heute Abend ein paar Probeaufnahmen machen kann, wenn er möchte. Die Masche ist so billig, aber wir sind betrunken und das entschuldigt einiges.

Zu Hause angekommen, stürmen wir in mein Zimmer. Ich lade die Kamera. Phillip macht sich sofort frei und sitzt innerhalb von Sekunden splitterfasernackt auf meinem aufblasbaren Plastikstuhl. Ich bin zu aufgeregt, um mir die Frage zu beantworten, warum er sich unten nicht rasiert, und starte mein Shooting: alle Positionen, Gesichtsausdrücke und Accessoires durch. Ich knipse, knipse, knipse. Dann ist mir auf einmal alles egal. Ich werfe die Kamera auf mein Bett und nehme ohne jede Vorwarnung Phillips Schwanz in den Mund. Er bekommt einen Steifen, lässt mich noch einige Minuten daran nuckeln, springt plötzlich auf und verschwindet aus meinem Zimmer.

Ich bleibe starr vor Schock auf dem Boden sitzen. Habe ich die Büchse der Pandora geöffnet? Meinen Seelenverwandten vergrault? Die Hete verschreckt? Ich versuche meine Gedanken zu ordnen. Da kommt Phillip auch schon wieder zur Tür herein. Er umarmt mich und küsst mich innig und lang. Wir legen uns auf meine Matratze und ich genieße den schönsten und besten Sex meines Lebens.

In den nächsten Wochen sind wir ein grandioses, intensives Liebespaar. Wir schlafen jede Nacht miteinander, probieren alles aus. Es ist der totale Wahnsinn und ich habe jedes Mal das Gefühl, dass unsere Körper sich bei jeder Berührung vervielfachen. Die Fotos von jenem ersten Abend sind übrigens die schlimmsten, die ich je gemacht habe.

Phillip Feucht ist über die neue Situation in der WG etwas verunsichert, aber da er gerade mit seiner Freundin Schluss gemacht und ein neues Mädchens namens Gerda kennengelernt hat, quälen ihn andere Probleme. Es versteht sich wohl von selbst, dass ich den Job bei der Begleitagentur an den Nagel hänge. Nur noch diesem einen Mann will ich jetzt gehören. Voll und ganz. Wenn ich liebe, dann intensiv.

Es ist Sommer geworden, Bettina wird in einigen Tagen aus Tirol zurückkommen. Wie erkläre ich ihr nur, dass ich den Rest meines Lebens mit Phillip zusammenbleiben möchte und nicht vorhabe, in einer fernen Großstadt Urlaub zu machen. Phillip war eine ganze Woche weg. Ich kann es kaum erwarten, bis er endlich wieder die Wohnung betritt. Wir verbringen einen schönen Abend miteinander, aber er ist nicht so locker wie sonst. Nach einer Woche muss man sich wohl erst wieder aneinander gewöhnen. Wir gehen miteinander ins Bett und es ist wie immer fantastisch. Kurz bevor Phillip kommt, beginnt er mich heftig zu schlagen. Im ersten Moment halte ich das für den Teil eines neuen, heftigeren Spiels. Ich schlage zurück. Und kapiere nicht, was dann passiert: Der Sex geht nahtlos in eine handfeste Schlägerei über. Er schlägt mir die Nase blutig, ich trete ihn mit voller Wucht in den Magen. Er wird immer gewalttätiger. Ich wehre mich so heftig, wie ich kann. Schließlich gelingt es mir, ihn aus meinem Zimmer zu werfen.

Was ist passiert? Sex außer Kontrolle? Hasst er mich, weil ich ihn schwul gemacht habe? Ich verstehe gar nichts. Er schließt sich in sein Zimmer ein. Es ist Nacht und es ist niemand da, mit dem ich reden könnte.

Am nächsten Tag sehe ich aus, als wäre ich von 20 Nazis verprügelt worden. Überall grüne und blaue Flecken. Trotzdem gehe ich ins Hollywood, verweigere aber jede Antwort auf Fragen, was denn passiert sei. Nach der Arbeit treffe ich mich mit Rita, die lesbische Lehrerin. Sie hat sich mittlerweile von Maria getrennt. Mir ist sie in den letzten Monaten zu einer guten Freundin geworden. Sie kann gar nicht glauben, was ich ihr erzähle. Ohne zu zögern, bietet sie mir an, erst einmal bei ihr zu schlafen. Ich nehme dankend an. Es tut gut in Krisensituationen, einen Freund an seiner Seite zu haben. Bei Rita rufe ich Bettina an. Sie flippt am Telefon völlig aus, rät mir, sofort Schluss zu machen.

Zwei Tage lang baut mich Rita seelisch und körperlich wieder auf. Dann fühle ich mich stark genug, wieder in die WG und zu Phillip zurückzukehren. Der tut so, als wäre nichts gewesen, umarmt mich lange, ist zärtlich, freut sich, dass ich wieder da bin. Ich kann aber nicht so einfach zur Normalität übergehen. Ich ziehe mich in mein Zimmer zurück, setze mich auf den Balkon, denke nach, bis die Sonne untergeht. Phillip lässt mich in Ruhe – und das ist genau das Gegenteil von dem, was ich erwarte. Insgeheim will ich, dass er angekrochen kommt, sich entschuldigt, Reue zeigt. Übel gelaunt gehe ich ins Bett.

Es ist gegen 22 Uhr, als Phillip an der Tür klopft und hereinkommt. Er schaut mich traurig an. Meine Augen werden feucht und ich krieche unter meiner Decke hervor. Wieder umarmen wir uns lange. Dann fragt er, ob er heute Nacht bei mir schlafen kann. Er verspricht mir, dass sich das Geschehene nicht wiederholt, und ich willige aufatmend ein. In dieser Nacht haben wir keinen Sex miteinander.

Am nächsten Morgen durchflutet die Sonne mein Zimmer. Phillip und ich liegen eng umschlungen und nur mit Shorts bekleidet unter der kuscheligen Decke. Jetzt holen wir nach, wozu es gestern nicht mehr gekommen ist. Umgangssprachlich nennt man so etwas wohl einen Versöhnungsfick. Wieder ist es fantastisch mit ihm, so intim und verschworen. Am Höhepunkt unseres Treibens nimmt er mich von hinten. Leidenschaftlich und heftig.

Nachdem Phillip in mir abgespritzt hat, dreht er mich um. Ich erwarte einen zärtlichen Kuss, aber er drückt mir das Kissen ins Gesicht. Bevor ich begreifen kann, was geschieht, sitzt er mit seinem ganzen Körper auf meinem Kopf und drückt das Kissen immer fester gegen mich. Ich schlage um mich, ringe verzweifelt nach Luft. Ich gerate in Panik. Phillip versucht mich mit einem Kissen zu ersticken. Zu ermorden! Nach Minuten, die mir ewig erscheinen, kann ich mich freikämpfen. Es gelingt mir, ihn aus meinem Bett zu treten. Doch er stürzt sich erneut auf mich. Wieder entwickelt sich eine wilde Prügelei. Blut fließt. Dann gibt Phillip unvermittelt auf, verlässt fluchtartig das Zimmer. Die Tür schlägt krachend zu.

Ich hocke zitternd und heulend im Bett. Ich greife zum Telefon, wähle Ritas Nummer. Gott sei Dank, sie nimmt ab. Sie befiehlt mir, die Wohnung sofort zu verlassen und zu ihr zu kommen. Ich gehe ins Bad, um mir noch kurz die Tränen, den Rotz und das Blut abzuwaschen. Gerade will ich die Wohnung verlassen, da tritt Phillip mit gepacktem Koffer auf den Flur.

„Was ist bloß los mit dir?", frage ich ihn.

Mit einer merkwürdigen Stimme erklärt er, dass er mich liebt. „Die Engel des Herrn werden dich beschützen."

Ich starre ihn fassungslos an. Dann wird es aber erst richtig krank.

„Du bist alles, was ich an mir selbst nicht mag, und wenn ich jetzt nicht ausziehe, bringe ich dich um."

Ich versuche, ihn zu beruhigen, sage, das alles sei kompletter Unsinn. Gemeinsam werden wir das schon schaffen, weil wir uns lieben. Doch er redet in seinem Irrsinn weiter, gesteht mir völlig gelassen, dass er mich nie so geliebt habe, wie ich es verdiene. Ich brülle ihn an. Arschloch ist noch das harmloseste Wort, das in diesem Zusammenhang fällt.

Ich muss raus aus dieser Wohnung! Heulend schlage ich die Wohnungstür hinter mir zu. Als ich auf halber Treppe bin, gibt es einen lauten Knall. Eine riesige Vase zerschmettert die Glastür unserer Wohnung. Es regnet Scherben auf mich herab. Ich renne um mein Leben.

# The Return of Betty

Ich sehe Phillip nicht wieder. Ich war so glücklich, jetzt bin ich am Boden zerstört. Fühle mich grauenvoll. Viele Monate später werde ich erfahren, dass Phillip ein Borderliner ist und unter Persönlichkeitsstörungen leidet. Hätte ich das merken müssen? Wie, wenn man die rosarote Brille aufhat?

Aber immer, immer wieder geht die Sonne auf, heißt es in einem Lied von Schlagersänger Udo Jürgens – übrigens ein Kärntner wie ich. Meine Sonne ist in diesem Fall Bettina. Sie kommt aus Tirol zurück. Endlich sind wir wieder vereint. Und sie sieht toll aus und wirkt glücklich. Wir verbringen den restlichen Sommer gemeinsam in Salzburg. Bettina versteht es, mich abzulenken, und gemeinsam mit Rita genießen wir das Leben. Wir essen in guten Restaurants, schauen uns jede Menge Kinofilme an, gehen zu Rockkonzerten und besuchen Theatervorstellungen. Nachts lassen wir kaum eine Party aus. Wäre mein Herz nicht in Traurigkeit getaucht, es wäre bestimmt der schönste Sommer meines Lebens.

Nach einem unserer Abendessen macht Bettina dann einen Vorschlag mit weitreichenden Folgen. Sie hat am Ende der Saison in Tirol des Öfteren mit einem Mann gepoppt, auf dessen Kinder sie tagsüber aufgepasst hat, während er mit seiner Ehefrau skilaufen war. Tom, so sein Name, hat offensichtlich großen Gefallen an Bettina oder zumindest an ihrer Vagina gefunden. Von Beruf ist er Bauarbeiter und hat gerade in Berlin zwei Häuser renoviert. Wenn wir es wollen, lässt er seine Beziehungen spielen und wir können in eine der Wohnungen ziehen. Selbstverständlich bin ich dagegen. Ich will lieber nach London. Aber der Hauptgrund meiner Ablehnung: Was hab ich mit Bettinas Bumsbeziehungen zu tun?

Nach einigen Tagen des Grübelns beginne ich, mich mit Bettinas Argumenten anzufreunden. Es ist immerhin ein einfacher und vor allem kostengünstiger Weg, um in eine Großstadt zu kommen. Mir schwebt ein Job beim Radio oder Fernsehen vor; Berlin bietet jede Menge Möglichkeiten.

Mit meiner Entscheidung stoße ich leider vielen Freunden vor den Kopf. Zunächst kündige ich meinen Job im geliebten Hollywood. Martin trägt es mit Fassung. Er ist Geschäftsmann, und schließlich bin ich nicht der erste Angestellte, der nach nur einigen Monaten wieder geht. Aber auch wenn er es zu überspielen sucht, merke ich ganz deutlich: Er ist von mir enttäuscht.

Rita hatte sich so gefreut, als ich ihr gesagt hatte, für immer mit Phillip in Salzburg bleiben zu wollen. Jetzt ist sie traurig nach all den Monaten, in denen wir Freud und Leid miteinander geteilt haben. Andere Freunde, wie Maria und Andy, nehmen es eher sportlich. Der Abschied von Phillip Feucht fällt mir leicht, weil ich immer, wenn ich ihn die letzten Wochen gesehen habe, an meine glückliche Zeit in der gemeinsamen WG denken musste. Er wird die Wohnung übrigens nur noch vier Monate lang behalten, sich dann von seiner Gerda trennen und ebenfalls nach Berlin ziehen.

Vor der Abreise nach Deutschland geht es für ein paar Tage nach Malta, in mein Heimatdorf. Wir packen dort unsere Sachen zusammen, schicken sie an eine Berliner Adresse, von der wir noch gar keine klare Vorstellung haben. Mit meinen Eltern verstehe ich mich in diesen Tagen gut. Ohnehin ist unser Verhältnis, seit ich ausgezogen bin, besser geworden. Die Freundschaft zu meiner Mutter hat sich sogar intensiviert. Und selbst mit meinem Vater komme ich klar.

Schneller als mir lieb ist, finden wir uns dann alle am Bahnhof in Spittal an der Drau wieder. Bettina wird von ihrer Mutter

Lisa und ihrem jüngeren Bruder Bernd begleitet, mich verabschiedet Ulrike – meine Mutti! Als der Zug einfährt, beginnt sie zu weinen. Und nur weil die anderen dabei sind, heule ich nicht auch gleich los. Als ich meine Mutter weinen sehe, frage ich mich, ob es das Richtige ist, was ich tue. Im Zug stelle ich mich, bevor ich die Koffer verstaue, ans Fenster, um noch möglichst lange meine Mutter sehen zu können, wie sie mir zuwinkt. Eineinhalb Jahre werde ich sie nicht mehr sehen.

So beginnt also meine Reise. Meine Reise in eine Stadt, die ich nicht kenne, aber von der ich geträumt habe: Berlin.

# Teil 2: … zur Discoqueen

# Das dümmste Ding in ganz Berlin

Dreizehn Stunden Zugfahrt liegen hinter Bettina und mir, als wir in Berlin am Ostbahnhof ankommen. Es ist ein heißer Tag im Juli 1999. Am Gleis 4 wartet bereits Tom auf uns, ein groß gewachsener Kerl mit dunklem Bart. Obwohl ich ihm angeblich in meiner Zeit als Kellner in den Tiroler Alpen begegnet sein soll, erkenne ich ihn nicht im Entferntesten wieder. Vielleicht liegt das auch daran, dass ich nicht verstehen kann, was Bettina so aufregend an ihm findet. Ich halte ihn für einen Proleten, der auf Weltbürger macht.

Sofort fallen mir die Geschichten ein, die mir Bettina über ihn erzählt hat: Tom trägt nie Unterhosen, wenn er sich mit einem Mädchen zum Ficken trifft. So geht es schneller, weil man nicht lange herumfummeln muss, bis der Lümmel draußen ist. Zudem ist er der Meinung, dass man Spermaflecken auf einer rauen Jeans wesentlich schwerer ausfindig machen kann als auf der Unterhose.

Ich begrüße ihn freundlich, zeige ihm mein schönstes Lächeln. Betty zuliebe. Heimlich wandert mein Blick in Richtung seines Intimbereichs. Sein Rohr und die dicken Eier zeichnen sich in der schlecht geschnittenen Jeans deutlich ab. Noch heute steigt mir bei der Erinnerung an dieses Bild der Geruch eines ungewaschenen Gliedes in die Nase.

Mit dem Auto fahren wir einmal quer durch die Stadt. Bei einer Affenhitze von 35 Grad und nach stundenlanger Bahnfahrt hält Tom das anscheinend für genau das Richtige. Statt des Brandenburger Tors oder des Fernsehturms sehen wir allerdings Toms Lieblings-Cocktailbars, in denen man sich toll besaufen kann und in die wir am Abend, wie er fröhlich versichert, noch gehen werden. Man will ja nicht gleich am ersten Tag unhöflich sein zu dem Mann, der sich um unsere zukünftige Wohnung bemüht hat, also finde ich alles „Wahnsinnig aufregend!“ und „Toll!“. Drei Stunden später kommen wir endlich, völlig verschwitzt, zu dem Haus in der Eberswalder Straße im Stadtteil Prenzlauer Berg.

Doch auch jetzt lässt uns Tom keine Minute zum Ausruhen. Wir dürfen noch nicht mal die Koffer in unsere zukünftige Wohnung stellen. Erst müssen wir die gute Dora kennenlernen, die erste und bislang einzige Bewohnerin im frisch renovierten Haus. Ich schließe von Tom auf Dora und stelle mich auf eine weitere Runde in einer Geisterbahn ein. Doch ich werde angenehm überrascht. Es erwartet uns eine weltgewandte alte Dame, die schon den Prosecco kühl gestellt hat, damit wir auf unsere Nachbarschaft anstoßen können. Sie hat eine wunderschöne Wohnung, die Einrichtung ist in weiß, silber und schwarz gehalten. Alles wirkt wie aus dem Katalog eines exklusiven Möbelhauses. Auch Dora selbst trägt schwarz und erscheint mir ihrem Alter von 57 Jahren vollkommen angemessen gekleidet. Wir unterhalten uns köstlich und spontan denke ich, Dora könnte meine ultimativ beste Freundin nach Bettina werden.

Nach zwei Stunden Aufenthalt bei Dora führt Tom uns endlich durch das Haus. Da abgesehen von Doras Wohnung noch alles leer steht, haben wir freie Auswahl. Wir entscheiden uns für die Räume über Dora, da diese Wohnung als Einzige zwei getrennte Schlafzimmer hat. Doch für drei Monate ist sie noch von Toms polnischen Arbeitskollegen in Beschlag genommen. So lange werden wir in der Wohnung neben Dora Quartier beziehen.

Kaum ist diese Frage geklärt, drängt Tom schon wieder zum Aufbruch. Es folgt ein langer Abend mit viel Essen und viel Alkohol. Während der ganzen Zeit klebt Tom förmlich mit seinem Halbsteifen an Bettina. Als wir schließlich spät in der Nacht ins Haus zurückkehren, falle ich mit einem Beinahe-Hitzekollaps und sturzbetrunken ins Bett. Tom nutzt eine der freien Wohnungen im Haus, um mit Bettina noch ein „Dessert" zu sich zu nehmen. Ein Luxus, der in den nächsten Wochen nach und nach eingeschränkt wird. Immer mehr Wohnungen werden vermietet und die Zahl der Spielbereiche von Bettina und Tom nimmt ab. Wenn die neuen Mieter um all dies wüssten ... Von wegen Erstbezug!

Während also Bettina viel Zeit nutzlos damit verbringt, sich in ihren Bauarbeiter zu verlieben, und als Auffangbecken für seine Samenflüssigkeiten Großes leistet, bleibt mir viel Zeit für meine neue beste Freundin Dora. Bald schon offenbart sie mir bei einem Kaffeekränzchen auf unserem gemeinsamen Balkon Details aus dem Leben Toms. Seine Ehe sei schon lange am Ende, seine Frau ein furchtbarer Drache. Dora beteuert, selbst immer wieder kurze Affären mit dem 30 Jahre jüngeren Bauarbeiter gehabt zu haben. Wer in einer intriganten Familie wie der meinen aufgewachsen ist, kennt solche vertraulichen „Wahrheiten" zur Genüge. Ich mache einen auf wahnsinnig schockiert. Ist dann Bettina beim Kaffeetrinken dabei, bestärkt Dora sie darin, die neue Frau an Toms Seite zu werden. Doras Plan ist leicht zu durchschauen: Sie will Betty dazu benutzen, Tom von seiner Frau wegzulocken. Danach würde sie gegen Bettina intrigieren und sich Tom schnappen. Ein Bauarbeiter, meine Nachbarin und meine beste Freundin sind auf dem Weg, als Dreigestirn im Sumpf des sexuellen Wahnsinns zu versinken.

Was ein paar Flaschen Wein bei Dora außer einer unbändigen Lust auf junge Bauarbeiter noch zu Tage fördern, ist erstaunlich.

Im Geschichtsunterricht in Österreich wurde nicht näher auf das Leben der Menschen in der DDR eingegangen. Darum war ich ziemlich ahnungslos, was Kommunismus, Stasi und Bananenlosigkeit angeht. Die ganze Wahrheit und Geschichte der DDR erfahre ich nun aus Doras Sicht. Die DDR erscheint bei ihr als das Paradies auf Erden – mit dem Reiseverbot als kleinem Makel. Alle hätten Arbeit gehabt, alle Menschen wären gleich gewesen. Für sie als alleinerziehende Mutter war die Zeit ein einziger Traum. Sie konnte ihren Sohn wochenlang im Kinder- und Jugendheim abgeben. Fürwahr ein Segen, wenn man es, wie Dora mit ihren Männergeschichten vermuten lässt, darauf abgesehen hat, sich durch die gesamte Deutsche Demokratische Republik zu bumsen. Selbst ein heißblütiger und neugieriger Junge wie ich kann sich die unzähligen Namen ihrer Lover und die dazu gehörenden Geschichten bald nicht mehr merken.

Aber eines hat Dora in der DDR mit Sicherheit gelernt: das Kochen. Niemand zaubert so tolle Menüs aus Essensresten vom Vortag wie die gute alte Ost-Dora. Diese fallen besonders lecker aus, wenn sie am Tag zuvor „Herrenbesuch“ hatte.

Doras Kochkunst und Gastfreundlichkeit helfen mir auch, Geld zu sparen. Auf dem Arbeitsmarkt in Berlin herrscht Stillstand. Bei Tausenden von Arbeitslosen wartet hier niemand auf zwei bekloppte Österreicher. Langsam wird das finanzielle Polster, das Bettina und ich uns für die Anfangszeit in der Großstadt zugelegt hatten, dünner. Ich bewerbe mich auf zahlreiche Jobangebote, aber nichts will so richtig klappen.

Da ich nicht arbeite, muss ich meine jugendlichen Energien ja auf andere Weise umsetzen. Was bei mir bedeutet: Blasen!

Blasen! Blasen! Sieht der Typ attraktiv aus, setze ich mich auch mal drauf.

Es ist Anfang Herbst. In meiner hellblauen Daunenjacke und pechschwarzen, glatten, mittellangen Haaren, die ich mir wie ein Teenager mit kleinen Glitzerspangen zurückgesteckt habe, schlendere ich über die Schönhauser Allee. Als ich an einer Telefonzelle vorbeikomme, fällt mir ein, dass ich versprochen hatte, einen Bekannten anzurufen. Während ich noch telefoniere, bleibt ein Mann, so um die 35, vor der Kabine stehen und starrt mich an. Den Blick kenne ich. Der will mal. Ich lache ihn süß an.

„Na, haste Lust, mit zu mir zu kommen?", fragt er mich, als ich aus der Telefonzelle trete.

Hat man mir nicht verboten, als junges Ding mit Männern mitzugehen, die einen auf der Straße ansprechen? Aber er gefällt mir und ich will, wenigstens kurz, an ihm naschen. Ganz in der Nähe der Telefonzelle befindet sich eine Baustelle. Er ist bereit, wir sind heiß aufeinander und da ist ein Bauzaun. Er drängt mich weiterhin, mit zu ihm nach Hause zu kommen. Ich dränge darauf, es hinter dem Bauzaun zu machen. Ich will ihn ja nur schnell oral verwöhnen. Er will mich jedoch ordnungsgemäß durchficken.

Ich hole seinen Schwanz aus der Hose. Erst ziert er sich, lässt mich dann aber doch machen. Ein bisschen Wichsen, ein bisschen Blasen, schon ist sein Rohr so, wie ich mir das wünsche. Leider auch so, wie er sich das wünscht. Nämlich bereit, in mich einzudringen. Er zieht mich hoch, küsst mich heftig und will mir dann meine Hose runterziehen. Ich wehre ab, sage, dass ich ihm nur einen blasen will. „Ich will meinen Schwanz aber in deine Fotze stecken!", sagt er ungeniert. Und jetzt erst kapiere ich, dass der Typ denkt, ich wäre eine echte Frau. Ich bin natürlich davon ausgegangen, er wäre an einer kurzen Nummer mit einer Transe interessiert.

Die Situation wird zunehmend aggressiver. Meinen Versuch, ihn mit dem Hinweis, ich hätte meine Tage, abzuturnen, misslingt. Das findet er nur noch geiler. Wieder versucht er, mir die Hose herunterzureißen. Diesmal brutaler und insgeheim hoffe ich auf meine erste schäbige Vergewaltigung. Niemand würde mich schreien hören. Weil ich nicht schreien würde. Doch so schön die Fantasie auch ist – ich fürchte, bei diesem Kandidaten werde ich auch ein paar meiner Schneidezähne einbüßen, wenn er nicht bekommt, was er will.

Er lässt nicht locker. Er will mich ficken, lecken oder wenigstens meine Muschi sehen. Langsam dämmert ihm Schlimmes.

„Bist du überhaupt 'ne Frau?", schreit er mich an.

Ich kann mich aus seinen Händen losreißen und brülle ihn nun meinerseits an: „Sag mal, spinnst du? Ich lasse mich doch hier nicht beleidigen. Ich soll ein Kerl sein, nur weil ich dir meine Muschi nicht zeige, oder wie? So beleidigt hat mich noch nie jemand. Fass mich nicht an!" Ich nütze seine Verblüffung aus, renne um die Ecke des Bauzauns und verschwinde schleunigst im Gewirr der Schönhauser Allee.

Schon verblüffend, wie schnell man in einer Stadt wie Berlin Sex haben kann. Leider ist es in einer Stadt wie Berlin aber so, dass vor dir mindestens 233 andere Jungs genau diesen Typen ebenfalls scharf gefunden und es vermutlich heftiger mit ihm getrieben haben, als du es je tun wirst. In meinen ersten Wochen in Berlin scheine ich aber einen Schwanz nur ansehen zu müssen, um mir eine fiese Schmierinfektion einzufangen. Das Einzige, was ich problemlos bekomme, sind Geschlechtskrankheiten: Filzläuse, Tripper, Syphilis, Herpes und alles wieder von vorne. Nur meine Erfahrung als Callboy in Österreich rettet mich vor dem Schlimmsten.

In den Anfangswochen in Berlin treibe ich mich in den schlimmsten Spelunken der Stadt herum, kein Verschlag war zu dunkel, kein Keller zu schimmelig und kein Darkroom zu zugewichst und vollgeschissen.

Der Start in Berlin erscheint mir zunehmend missglückt. Der Pretty-Woman-Traum vom reichen Mann, der mir jeden Wunsch von den Augen abliest, funktioniert nicht. Ich habe keinen Job, keinen Mann und bald kein Geld mehr. Selbst meine künstlerische Ader scheint versiegt. Und Bettina ... wenn es so weitergeht mit Tom und ihr, verliere ich auch noch meine einzige wirkliche Freundin.

Ich bin 20 und mit einem Mal komme ich mir vor wie das dümmste Ding in ganz Berlin. Aber ich darf auf keinen Fall scheitern. Ich möchte nicht, dass sich jene Menschen bestätigt fühlen, die mir gesagt haben, aus mir würde nie etwas werden.

# Einmal Pommes mit Sperma bitte

Doch als ich schon bereit bin, mein Zelt in Berlin abzubrechen, meldet sich bei mir Anfang Oktober 1999 ein Arbeitgeber, auf dessen Anzeige ich mich vor zwei Wochen beworben hatte. Es geht um einen Job in einer Imbissbude im Bezirk Neukölln. Keine besonders glamouröse Vorstellung, aber wenn man vier Monate ohne Arbeit war, freut man sich wie ein Schneekönig. Ich werde für den folgenden Tag bei der Chefin zum Vorstellungstermin eingeladen.

Susi sieht in ihrem schwarz-weißen Kostüm ein bisschen so aus wie Cruella de Ville, die böse Frau aus dem Disney-Film „101 Dalmatiner". Jedenfalls kommt mir dieser Gedanke, als ich ihr das erste Mal gegenübersitze. In den ersten zehn Minuten des Gesprächs vermittelt sie ein Bild von sich als lebenslustiger Frau, die nur das Beste für andere Menschen will. Aber in Wirklichkeit ist sie so abgebrüht wie ein Familienmitglied der Cosa Nostra – und teilt einem ungerührt mit, dass man für einen Stundenlohn von sechs D-Mark netto eingestellt wird. Es ist gar lange her, da hat Susi selbst als Verkäuferin in der Imbiss-Firma gearbeitet. Mittlerweile ist sie fest liiert mit August, dem dicken Besitzer, und zur Imbiss-Chefin avanciert.

Die Arbeit im Imbiss verheißt zunächst nichts Gutes für mich. Ich muss minderwertiges Fleisch und schlechte Pommes zu Billigpreisen verkaufen. Im Klartext heißt das, die Kundschaft besteht größtenteils aus Sozialhilfeempfängern und Pennern. Während man in der Bude steht, hat man keine freie Minute. Wenn man nicht mit dem Grillen von Würsten und dem Frittieren von Pommes beschäftigt ist, muss man sich die

Lebensgeschichten von Besoffenen und Heroinsüchtigen anhören. Neukölln ist ein hartes Pflaster und Susi und August erweisen sich als echte Sklaventreiber.

Die Truppe aber, die im Imbiss arbeitet, ist einsame Klasse! Da ist Felix, der Organisationschef, der mit 35 Jahren schwul geworden ist und seine Frau und die beiden Kinder verlassen hat. Als „Chef vor Ort" organisiert er alles, was mit dem Imbiss zu tun hat, er schreibt die Dienstpläne und kümmert sich um uns Mitarbeiter, während Susi nur in ihrem Büro hockt und das Geld zählt – sofern sie nicht gerade in der Chanel-Boutique einkaufen geht. Felix verdient zu Recht eine Mark mehr als die anderen Mitarbeiter.

Dann ist da noch Felix' Zwillingsbruder Torben. Ebenfalls schwul. Torben wusste aber im Gegensatz zu Felix immer schon über seine Vorliebe Bescheid und hat gar nicht erst versucht, seinen Samen in irgendeine Vulva zu schießen.

Der Dritte im Bunda heißt Mario und hat zusammen mit Felix den Imbiss unter Susi erst richtig zum Laufen gebracht. Er und Felix waren auch eine Zeitlang ein Paar, sind aber mittlerweile getrennt. Leider ist Mario ein schlimmer Alkoholiker. Wegen seiner Krankheit wird Mario mitunter behandelt wie ein Aussätziger. In meiner ersten Einarbeitungsschicht wurde mir schon geraten, nicht auf das zu hören, was Mario sagt, und immer aufzupassen, wenn er an die Kasse geht. Schon des Öfteren soll sich Mario nach Feierabend mit den Tageseinnahmen in der „Schönen Tränke" zwei Straßen weiter abgesetzt haben. In meinen Augen ist er trotz alledem ein sympathischer Kerl.

Tyler ist ein Engländer afrikanischer Abstammung. Ihn mag ich besonders, weil er fast so hinterfotzig ist wie ich. Bereits in meiner zweiten Schicht bringt er mir bei, wie man den geringen Arbeitslohn mit kleinen Tricks und lukrativen Nebentätigkeiten aufbessert. So kann man anstelle der Bierdosen des Imbisses eigene, zuvor im Supermarkt besorgte Bierdosen verkaufen. Die Einnahmen behält man für sich. Für Susis Umsatz ist das freilich ein schlechter Tag. Schade auch!

Tyler beruhigt sein Gewissen damit, dass Susi so schlecht bezahle und er als armer, ausländischer Student ums nackte Überleben kämpfe. Ehrlich gesagt, ich hätte Susi auch nach Strich und Faden betrogen, wenn sie 100 Mark die Stunde bezahlt hätte. Die Gute ist einfach nicht mein Fall.

Die lukrative Nebentätigkeit ergibt sich aus dem Umstand, dass wir eine Imbissbude in der schwulsten Ecke Neuköllns betreiben. Genauer gesagt stehen wir direkt neben der einzigen Homo-Disco im ganzen Bezirk. Wir verfügen über einen kleinen Lagerraum im hinteren Teil der Imbissbude und wir verfügen über einen Mund. Mal bekommt Tyler, mal bekomme ich ein Angebot. Während der eine im Hinterraum bläst, muss der andere vorne im Verkauf doppelt so hart arbeiten. Für einen Blowjob nehmen wir grundsätzlich 50 Mark. 10 Mark davon gehen an den Kollegen vorne. Da ich so eine gute Seele bin, lutsche ich Kerle, die mir gefallen, aber schon auch mal umsonst. Ich bin doch keine Prostituierte, sondern eine ehrenwerte Wurstverkäuferin! Tyler ist jedes Mal sauer, wenn ich kein Geld nehme, und besteht trotzdem auf seinem Anteil. Kurzerhand greife ich in die Kasse und stecke ihm einen 10-Mark-Schein in die Hosentasche. Die Welt ist wieder in Ordnung.

Neben Tyler sind es vor allem Hugo und Eko, die mir helfen, die ersten Wochen im Imbiss zu überstehen und den Job nicht sofort wieder zu kündigen. Mit Hugo verbindet mich der Hass auf die Arbeit am Imbiss ebenso wie die unerschöpfliche Lust auf sexuelle Erlebnisse. Dabei ist er, ein angehender Schauspieler mit roten Locken, ständig depressiv und zugleich doch ein witziger und schlauer Typ. Wenn ich nicht mit Eko durch die

Berliner Nächte tanze, dann streife ich mit Hugo durch Bars und Darkrooms.

Eko ist ein kleiner, kahlköpfiger Halbtürke mit Nasenpiercing. Er ist ein wahnsinnig talentierter Student für Modedesign und wie an Hugo schätze ich an ihm seinen Humor und seine Intelligenz. Auch er vegetiert am Imbiss dahin. Wäre er nicht so bequem, müsste er auch gar nicht am Frittenstand arbeiten. Eko und mich verbindet ein unsichtbares, starkes Band. Keiner hat am Imbiss mehr „Gäste" als er. Das liegt vermutlich daran, dass ihm nichts fremd ist. Ich arbeite manchmal zwei Stunden alleine, bis er wieder nach vorne kommt. Ich bin mir sicher, dass er mehr macht als Blasen, und beneide ihn. Mehr als 10 Euro bekomme ich trotzdem nicht von ihm. Dafür passt Eko nachts bei unseren gemeinsamen Streifzügen durch die Party-Szene auf mich auf und versorgt mich fürsorglich mit Alkohol, Speed und Pillen aller Art. Die Berliner Nächte sind lang und es kommt nicht selten vor, dass wir nach einer harten Party-Nacht direkt zur Arbeit fahren. Dann braucht es den richtigen Stoff, um acht Stunden Schufterei im Imbiss durchzuhalten.

Nach einigen Wochen läuft alles bestens. Ich bin bei unserer Kundschaft beliebt. Susi ist mit meiner Arbeit zufrieden. Ein idealer Zeitpunkt, um für meine Freundin Bettina um einen Job im Imbiss nachzufragen. Es klappt. Gnadenlos, wie ich angelernt wurde, lerne ich nun Bettina ein. Beim lukrativen Nebenverdienst tut sich zunächst ein kleines Problem auf. Bettina will nicht blasen. Das aber eröffnet mir einen neuen Markt: Heteromänner – vor allem in der Nachtschicht. Bettina küsst – ich blase. Das reicht den zumeist betrunkenen Kerlen schon aus, um sich nicht selbst als schwul ansehen zu müssen. In der Nachtschicht fällt es auch nicht auf, wenn die Rollläden heruntergelassen sind. Manchmal veranstalten wir richtige kleine

Imbiss-Orgien mit zwei, drei Männern gleichzeitig. Die Party findet dann auch nicht hinten im kleinen Lager, sondern vorne im geräumigeren Verkaufsraum statt. Die Getränke gehen auf Susis Rechnung. Ich brauche wohl nicht zu erwähnen, dass bei unserem wilden Treiben das Sperma hin und wieder auch in den Fritteusen landet. Eine Stunde später werden darin leckere Pommes zubereitet.

# Die Nacht, in der Nina Queer zur Welt kam

Es ist ein Donnerstag im Spätherbst und Hugo und ich shoppen uns durch diverse Boutiquen in Berlin-Mitte. Dabei stolpern wir über das bunt dekorierte Schaufenster eines Secondhandladens namens Tenderloin. Es ist vollgestopft mit allerlei Kram aus den sechziger, siebziger und achtziger Jahren. Es funkelt und blitzt. Da ich mich wie eine Elster auf alles stürze, was glänzt, stehen wir auch schon im Laden und kramen die schrillsten Fummel und Accessoires hervor. Im hinteren Bereich des Geschäfts stehen große Regale mit Köpfen aus Pappmaschee, die als Perückenträger dienen. So viele Perücken mit unterschiedlichen Haarfarben und Frisuren üben auf uns, wie übrigens auch auf alle anderen Kunden in diesem Laden, eine magische Anziehungskraft aus. Wir testen sie sogleich und lachen uns schief. Die junge Verkäuferin wird auf uns aufmerksam und steckt uns eine Karte zu. Sie macht uns auf eine angeblich hysterische, kleine Party neugierig, die an dem Abend und jeden Donnerstag stattfindet.

Es ist eine Party von einer Transe für Transen und deren Freunde und Liebhaber. Wir finden das Thema schrecklich spannend. Da müssen wir hin! Also kaufen wir noch schnell zwei Perücken der günstigeren Preisklasse. Hugo besitzt wegen seiner Schauspielerei bereits Frauenklamotten. Ich werde mir bei Bettina was leihen müssen, da mein Geld unmöglich für Klamotten und die Party heute Abend reicht.

Am frühen Abend treffen wir uns bei mir, trinken mit Bettina Sekt und schminken uns gegenseitig mit allem, was im Badezimmer zu finden ist. Billiges Make-up für billige Transen. Als wir fertig sind, sehen wir aus wie Vogelscheuchen und nicht wie Frauen. Lustig ist es allemal, und wir machen uns gegen Mitternacht auf den Weg ins Velvet Goldmine in der Dircksenstraße. Dort findet Chantals House of Shame-Party statt. Und die Party scheint wirklich angesagt zu sein, denn eine lange Menschenschlange steht vor der Tür. Nicht jeder wird hineingelassen. Viele werden wieder weggeschickt. Der Türsteher ist eine riesige Transe, die uns heftig zuwinkt, als sie uns am Ende der Menschenmassen entdeckt. Wir dürfen sofort nach vorne. Auf einer Transenparty werden Transen eben bevorzugt behandelt. Offensichtlich spielt es keine Rolle, wie scheiße sie aussehen. Der große bunte Mann, der mich ein wenig an das Schaufenster des Tenderloin erinnert, stellt sich als Gloria Viagra vor. Mit seinen Mega-Highheels und der Turmperücke ist er sicher 2,5 Meter hoch. Beeindruckend!

Wir betreten den kleinen, gemütlichen Klub mit seinem neuen Design im Stil der siebziger Jahre. Alles ist in pastellbunte Farben getaucht. Ein gigantisches, rundes Aquarium wurde in die Wand eingelassen, und riesige Fische glotzen durch die dicke Scheibe. In der Mitte des Ladens führt eine Treppe vom Loungebereich und der Bar nach unten in den Keller. Hier befindet sich eine wunderschöne, kleine, aber feine Tanzfläche, die in allen nur erdenklichen Farben schillert. Es hat ein bisschen was von „Saturday Night Fever" mit John Travolta. Außerdem gibt es noch eine Kanzel für den DJ und eine winzige Bühne.

Hugo und ich baggern gemeinsam jeden an, der uns angrinst, und nach einer guten halben Stunde gibt es im ganzen Klub keinen Mann mehr, dem wir nicht in den Schritt gefasst haben. Und als wir mitten am Dancefloor einen Typen freudig bearbeiten, bekommt der spontan einen Steifen. Da wir ohnedies schon vor den Toiletten stehen, drängen Hugo und ich den muskulösen Zweimetermann an den Waschbecken vorbei in die Kabine und schließen die Tür hinter uns ab. Wir hohlen seinen

Lolli aus der Hose und teilen uns seinen Schwengel, wie sich Freundinnen ein leckeres Eis teilen. Immer wenn sich Hugos und meine Blicke treffen, beginnen wir laut zu lachen. Der Typ findet die Situation auch lustig und lacht mit. Er genießt eindeutig, was wir mit ihm machen. Plötzlich fragt er uns, wie wir heißen. Hugo antwortet ihm wie aus der Pistole geschossen und extrem selbstsicher: „Anette!" Spontan biete ich den Namen „Internette" an und füge hinzu, dass ich Anettes Schwester bin. Unser Nachname lautet Online. Anette und Internette Online!

Die Sache wird immer absurder. Ein anderer Typ, der uns von der Nebenkabine aus belauscht hat, schaut über die Klowand zu uns herüber und fragt, ob er zu uns in die Kabine kommen darf. Obwohl es schon sehr eng ist, hat unser „Freund" nichts dagegen. In dieser Kabine am linken Rand der Damentoilette im Velvet Goldmine wird es so heiß, dass uns die Schminke vom Gesicht tropft. So verlassen wir beinahe ungeschminkt das Klo, als wir fertig sind. Das Make-up befindet sich nun auf den Kleidungsstücken der beiden Männer.

Zahllose Getränke, von unzähligen Transenliebhabern spendiert, laufen unsere vom Blasen heiß gewordenen Kehlen hinunter. Irgendwo zwischen Gin Tonic und Pflaumenschnaps verblasst meine Erinnerung.

Als ich am nächsten Tag aufwache und mir die Augen reibe, erschrecke ich fürchterlich. Ein fremder Mann liegt in meinem Bett. Wer ist das? Wie bin ich nach Hause gekommen? Hatte ich Sex mit ihm?

Er schlägt die Augen auf, labert belanglose Floskeln und nennt mich immer wieder Nina. Geschockt über mein komplettes Blackout, richte ich mich auf und setze mich auf die Bettkante. Er fordert mich auf, wieder ins Bett zu kommen. Er ist süß, und da ich mich nicht entsinnen kann, mit ihm geschlafen zu haben, will ich die fehlende Erinnerung gerne nachholen. Aber nicht bevor ich weiß, wer Nina ist. Ich frage ihn – und was ich jetzt zu hören bekomme, verschlägt mir die Sprache.

Angeblich hat mich letzte Nacht die Partymacherin Chantal angesprochen und nach meinem Namen gefragt. Sie fand Internette aber total schlimm und riet mir, einen neuen Namen zu suchen. Franz, der Münchner, der nun in meinem Bett liegt, hat am Tresen das Gespräch mitbekommen und mich nach dem Namen meiner Lieblingssängerin gefragt. Ich antwortete ihm, Nina Hagen, und so legte er mir diesen Namen nahe. Darauf habe ich mir angeblich gewünscht, von ihm getauft zu werden. Und zwar mit seinem Sperma.

Genau aus diesem Grund befindet sich Franz nun in meinem Schlafzimmer. Ich kann mich an nichts von all dem erinnern. Aber ein prüfender Blick auf meine völlig verfilzte und zugewichste Perücke, die neben dem Bett liegt, sagt mir, dass der Franz die Wahrheit spricht. Ich wurde getauft und habe es nicht mitbekommen. Ich muss sofort mit ihm schlafen! Ich schlüpfe wieder unter die Decke. Ein einziger Griff an seinen Schwanz genügt, um mir schlagartig klarzumachen: Ich habe nicht vergessen. Ich habe verdrängt! Franz sieht fantastisch aus und hat die schönsten Zähne, die ich je gesehen habe. Aber dieses Teil von ihm ist supermini. Ich hasse kleine Schwänze!

Meinem Taufpaten gegenüber will ich jedoch nicht unhöflich sein, darum lasse ich mich noch einmal taufen. Wenn auch nicht mehr auf den Kopf. So wird mir der Name Nina noch einmal bei vollem Bewusstsein im wahrsten Sinne des Wortes eingeimpft. Man darf es mir wirklich nicht übel nehmen, dass ich nicht mit dem ganzen Herzen dabei war. Zwei Tage später bestätigt Hugo die ganze leidige Geschichte, die mir Franz offenbart hat. Scheiß-Alkohol. Es lebe Nina!

# Von fliegenden Preisschildern und Basilikum

Als Reiseziel schätzen Amerikaner die deutsche Hauptstadt sehr. In ihrem eigenen Land ist mittlerweile fast alles, was Spaß macht, entweder verboten oder unverschämt teuer. Wilde Metropolen wie New York haben viel von ihrem Glamour- und Fun-Faktor verloren. Der Big Apple ist zur Yuppietown geworden. Berlin dagegen ist versaut, dreckig, billig, schick, arm, reich, dekadent, gut und böse zugleich. Alles immer und immer durcheinander. Berlin ist eine Stadt, in der es sich exzessiv ausgehen lässt. Auf den Partys wird gesoffen, geraucht, gefickt und gekokst. Und zwar ohne Sperrstunde. Hier treffen sich Menschen aus allen sozialen Schichten, vom Bürgermeister bis zum Edelpenner. So ist es nicht ungewöhnlich, dass der prominente Starfriseur und die namenlose Nutte vom Hausfrauenstrich sich auf der Geburtstagsparty eines erfolglosen, aber gut aussehenden Jungschauspielers in einer schäbigen Altbauwohnung mit Ofenheizung prächtig miteinander amüsieren.

Mein Freund Gebbi ist von einer langen USA-Reise zurückgekehrt und kommt mich Frühjahr 2000 in Berlin besuchen. Es gibt wahnsinnig viel zu besprechen und erzählen. Gebbi ist einer der intelligentesten Menschen, die ich kenne. Er ist die Weisheit in Person – und als ich einige Jahre später erfahre, dass er seinen Doktor an der berühmten Harvard-Universität macht, bin ich kein bisschen überrascht. Gebbi – ein Mann von mittlerer Statur mit kurzen, braunen Haaren und modischer Brille auf der Nase – verfügt über einen ausgesprochen bösen, aber auch umsichtigen Humor. Er lacht gerne über sich selbst und über andere, ohne aber jemanden dabei zu verletzten. Darüber hinaus ist er einer der wenigen Heteromänner, mit denen ich befreundet bin.

Er will noch einmal ordentlich feiern, bevor er, den Studienabschluss Geschichte und Politik in der Tasche, seine erste feste Arbeitsstelle antreten wird. Den berühmten Kit Kat Klub hat sich Gebbi als Ziel für diesen Samstagabend vorgenommen. Eine gute Idee, finde ich. Der Klub wird häufig mit dem Studio 54, einem der legendärsten Nachtklubs New Yorks, verglichen. Für mich war der Kit Kat Klub nichts anderes als ein Swingerklub mit Technomusik, als er sich noch in der Glogauer Straße in Kreuzberg befand. Seit wenigen Wochen befindet er sich im ehemaligen Metropol-Theater am Nollendorfplatz, mitten in Schöneberg, im ältesten und größten Schwulenkiez der Stadt. Obwohl der Kit Kat Klub eigentlich gar kein Schwulenklub ist, wird er trotzdem von jeder Menge Homosexueller besucht. Es ist einfach geil dort.

Bevor wir losmarschieren, glühen wir anständig vor. Erdbeer-Caipirinha fließt in Strömen. Zur Feier des Tages trans ich mich auf! Heute will ich als Nina zusammen mit Gebbi die Berliner Nacht erleben. Für ihn ist es neu, mich als Nina zu sehen. Berührungsängste kennt er aber nicht. Während ich noch am Schminken bin, zückt er ein kleines weißes Briefchen aus seiner Brieftasche. Darin befinden sich zwei unförmige, schwarze Kügelchen. Fingernageldreck nicht unähnlich. Gebbi erklärt mir, dass es sich um Mikrotrips handelt: LSD!

Ich habe keine Ahnung von diesem Zeug, aber ich vertraue auf Gebbi und schlucke den Krümel. So klein wie er ist, vermag ich nicht zu sagen, ob ich ihn wirklich geschluckt habe. Weg ist er jedenfalls.

Ein Taxi kann sich weder der weltenbummlerische Student noch die olle Frittentranse leisten. So nehmen wir den Nachtbus, der von meiner Wohnung im Prenzlauer Berg bis direkt vors ehemalige Metropol-Theater fährt. Noch während wir unterwegs sind, zeigt das LSD seine erste Wirkung. Erst kichern wir die ganze Zeit nur albern herum. Je näher wir unserem Ziel kommen, desto lauter lachen wir. Wir können gar nicht mehr aufhören. Gebbi hat offensichtlich schon Erfahrung mit der Droge.

Als wir aus dem Bus aussteigen, warnt er mich eindringlich, mich ruhig zu verhalten, da wir sonst auf keinen Fall an den Türstehern vorbei in den Klub gelangen würden. Ich reiße mich zusammen, obwohl es mir sehr schwer fällt. Es klappt und gemeinsam betreten wir den großen Saal des ehemaligen Metropol-Theaters.

Links und rechts von uns führen Treppen in die oben liegenden Galerien. Vor uns liegt die Tanzfläche, am Ende befindet sich eine große Bühne, die an diesem Abend mit Strohballen dekoriert ist. In deren Mitte erhebt sich, etwa zehn Meter hoch, die gigantische Nachbildung einer ägyptischen Sphinx. Den leuchtenden Augen der Sphinx entspringt die Lasershow, die im Klub allabendlich zelebriert wird. Nackte Frauen laufen in kleinen Grüppchen um uns herum. Ein glatzköpfiger Mann steht an einer Säule und onaniert unentwegt, ohne je abzuspritzen. Fetischisten in Lack und Leder huschen wie Aliens durch das gleißende Licht. Links neben der Tanzfläche fällt mir ein junger, gut durchtrainierter Mann auf. Ganz ruhig steht er da. Eine etwa 30 Jahre alte Frau mit drahtigem Körper kniet vor ihm und bläst ihm einen. Die Frau, die hinter ihm kniet, dürfte geradewegs auf die 60 zugehen und leckt ihm gierig das Arschloch. Würde die mächtige Latte des Mannes nicht immer wieder zucken, man könnte glauben, er bemerke das wilde Treiben der beiden Ladys gar nicht.

Die nächsten zwei Stunden stehe ich in meinem engen, plump aussehenden Schlauchkleid mit Armstulpen einfach in der Mitte der Tanzfläche und lache. Gebbi ist verschwunden. Vermutlich sieht er sich um. Von Zeit zu Zeit schüttele ich meine lange, rote Lockenperücke hin und her, um eine Art Tanzen zu simulieren. Niemand soll mitbekommen, dass ich gar nicht tanzen, sondern nur lachen will.

Schließlich tippele ich vorsichtig in Richtung einer großen Sofalandschaft aus rosa Lackledermaterial und erobere eine freie Stelle. Überall um mich herum wird gefickt, geleckt und geblasen. Ich aber bin vollkommen glücklich mit mir selbst, lasse mich nach hinten fallen und wehre alle Anmachversuche ab. Ich starre an die Betondecke. Sie ist grau und nicht verputzt. Spontan erkenne ich lustige Figuren und Muster. Jetzt bewegt sich auch noch alles. Wahnsinn. Ich fühle mich so gut unterhalten wie noch nie zuvor. Das ist das Beste, was ich je in meinem Leben gesehen habe. Ich empfinde alles, was geschieht, als vollkommen normal, logisch und fantastisch. Kein Wunder, dass John Lennon in diesem Zustand Welthits geschrieben hat.

Eine Hand greift nach mir und das phänomenale Bild über mir erblasst. Gebbi zieht mich vom Sofa und wir setzten uns zu den Füßen der Sphinx auf einen Strohballen. Er reicht mir eine kleine Flasche Wasser. Gebbi erzählt belanglosen Müll und ich könnte platzen vor Lachen. Die ersten Tränen laufen mein Gesicht herunter. Ich bitte Gebbi aufzuhören. Ich will nicht der erste Mensch sein, der an Lachen stirbt. Sofort beginnt Gebbi eine ernsthafte Konversation über verschiedene Fetische. Warum kommen die Menschen in diesen Klub? Weil sie so sein wollen, wie sie sind. Wir sehen uns um und erkennen plötzlich alle wahren Hintergründe. Zumindest das, was uns das LSD in diesem Moment als „wahr" erscheinen lässt. Die größte Genugtuung des Mannes, der immer an der Säule steht und wichst, aber nie kommt, ist es, von anderen Leuten beim Wichsen angeschaut zu werden. Er will gar nicht kommen.

Während wir die Besucher der Reihe nach betrachten, fällt uns auch ein Mann auf, der mit seiner Kamera alles filmt. Es ist der Chef des Kit Kat Klubs, wie sich herausstellt, angeblich auch ein Österreicher. Einmal im Jahr bringt er dann einen bizarren Pornofilm auf den Markt. Er kann nicht genug bekommen und deshalb hat er diesen Klub überhaupt aufgemacht. Plötzlich wird Gebbi und mir einiges klar! Deshalb sieht der ganze Klub aus wie ein Filmset. Deshalb werden an der Tür nur gut aussehende Personen und Freaks in den Kit Kat Klub gelassen. Sie sind die Statisten für einen Film. Und der Klub ist der Drehort, an dem immer etwas Pornografisches passiert, das der Chef filmen kann.

Mir fällt auf, dass es ungewöhnlich heiß im Klub ist. Auch das ist ein Kalkül. Die Hitze bringt die Leute dazu, sich auszuziehen. Und dann kommt Gebbi auf eine skurrile Theorie, die mir erneut Lachtränen in die Augen schießen lässt. Er behauptet, dass es im Heizraum des Klubs jemanden gibt, dessen Fetisch es ist, die Heizung immer höher und höher zu drehen. Wenn alle vor Hitze dann fast am Durchdrehen sind, spritzt er ab.

Früh morgens verlassen wir den Klub. Im Ausgangsbereich stehen Boys mit freien Oberkörpern. Unter dem Einfluss des LSD sehe ich rechts neben ihnen Preisschilder in den Farben pink und gelb schweben. Leider kann Gebbi die Schilder nicht sehen, aber auch so ist ihm klar, dass es sich hier um Stricher handelt. Wir entschließen uns, Felix vom Imbiss einen Besuch abzustatten, obwohl es ein recht weiter Weg bis dorthin ist. Tatsächlich treffen wir Felix noch im Büro des Imbisses an, das sich in einem Gebäude unweit der Frittenbude befindet. Er ist noch dabei, Abrechnungen und anderen Papierkram zu erledigen, und muss sich jetzt von Gebbi und mir die Erlebnisse der Nacht anhören.

Plötzlich verspüre ich das dringende Gefühl, mich abschminken zu müssen. Meine Bartstoppeln pieksen durch das Make-up. Wir fahren mit der U-Bahn zurück in den Prenzlauer Berg. Aber an Schlafengehen ist nicht zu denken. Wir haben Hunger und marschieren in die Oderberger Straße ins linksautonome Nemo mit einem noch viel linksautonomeren Frühstücksbuffet. Auf LSD zu frühstücken, erweist sich als der Hammer! Nicht nur die visuellen Eindrücke werden durch die Droge intensiviert, sondern auch der Geschmackssinn. Gebbi beschließt, von allem, was das Buffet zu bieten hat, zu kosten. Ich nehme nur ein kleines Bündchen Basilikum, in das ich mich spontan verliebt habe, mit an unseren Tisch. So wunderhübsch und grün und wohl duftend. Genüsslich esse ich Blatt für Blatt. Jedes Blatt verdient seine eigene, ihm zustehende Kauzeit.

Nach dem Frühstück – ich habe keine Ahnung, wie lange es gedauert hat – geht es noch in den Treptower Park. Ich erinnere mich an die grünen Wiesen, die plötzlich anfangen, wie ein Meer hin und her zu wiegen. Wir müssen aufpassen, nicht im Gras zu ertrinken. Das Kriegerdenkmal saust an uns vorbei und ...

Plötzlich sitzen Gebbi und ich wieder bei mir zu Hause. Er packt seine Sachen, denn er reist heute wieder ab. Die zwei Tage vergingen viel zu schnell. Wenn man auf Droge ist, verliert man jedes Gefühl für Zeit und Raum. Auch als mein bester Heterofreund schließlich im Zug zurück nach Österreich sitzt, hält mein Flash noch an. Ich lade mich beim allein lebenden Polizisten im Hinterhaus auf einen Kaffee und ein Stück Kuchen ein und texte ihn zwei Stunden zu, bevor ich endlich müde werde, wieder in meine Wohnung gehe, um mich in meiner bunten Andy-Warhol-Bettwäsche zu verkriechen.

# Hallo Taxi!

Wenn ich eines sagen darf: Es gibt wirklich keine unkomplizierteren Sexualpartner als Berliner Taxifahrer mit türkischer Herkunft. Türkische Männer würden niemals ihre Frauen mit einer Frau betrügen. Das wäre ja Ehebruch. So eine Transe hingegen ist ein nicht weiter erwähnenswertes Kavaliersdelikt.

Auf dem Weg zu einer Wohltätigkeitsveranstaltung für die Berliner Aids-Hilfe nehme ich mir ein Taxi. Wir müssen noch kurz bei der Wohnung eines Freundes in der Marienburger Straße halten, weil ich die Nacht zuvor bei ihm abgestürzt bin und mein Plattenkoffer noch bei ihm steht. Den Plattenkoffer brauche ich aber, da Musik mein Beitrag zur Veranstaltung ist.

Innerhalb von wenigen Minuten bin ich mit meinen CDs wieder zurück. Als ich den Koffer in den Kofferraum des Wagens stellen will, springt der Fahrer aus dem Taxi und ist mir behilflich. Mir fällt sofort die dick angeschwollene Latte in seiner engen, weißen Hose auf. Er bemerkt sofort, an welcher Stelle seines Körpers meine Augen schicksalsvoll kleben bleiben. Er grinst. Ich bin einfach nur noch scharf.

Wir sind kaum 20 Meter weitergefahren, da fragt er mich unverblümt in gebrochenem Deutsch, ob ich ihm einen runterholen möchte. „Oder willst du bisschen lutschen?" Langsam beuge ich mich nach vorne, streichele seine Beule. Er kenne zwei Minuten von hier die ideale Stelle. Solange ich noch pünktlich zur Arbeit komme, soll es mir recht sein.

Gegenüber vom Volkspark Friedrichshain befindet sich eine katholische Kirche. Er biegt in die kleine, enge Straße direkt vor dieser Kirche ein und parkt dann unter den Bäumen gegenüber dem Haupteingang. Er will mich ficken, hat aber keinen Gummi dabei. Ich auch nicht. Und das, obwohl ich gleich für die

Aids-Hilfe Musik mache! Kein Problem, ich blase sowieso viel lieber. Es ist einfach unverbindlicher und macht letztlich auch nicht so viel Dreck.

Keine gefühlten zehn Sekunden hab ich seinen orientalischen Prügel in der Hand, schon spritzt ein Sperma-Tsunami mich und die gesamte Rückbank des Taxis voll. Mit so einer Ladung hätte ich im Leben nicht gerechnet. Seine Eier sahen ganz normal aus. Letztlich hab ich kaum was getan. Und er auch nicht, sonst wäre ich nämlich nicht immer noch so geil, während er bereits aus dem Wagen springt und im Kofferraum nach einer Küchenrolle sucht. Ich steige auch kurz aus, um einmal tief Luft zu holen und um den Schaden auf meinem lilafarbenen Seidenkleid zu begutachten.

Im Umherschauen halten meine Augen kurz an einem Schriftzug über dem Eingang der Kirche. „Heute Orgelmusik", steht da. „Herzlich willkommen zur Show", denke ich mir, ehe ich mich wieder auf die Rückbank des Taxis, auf der der Fahrer seine Wichse nun gleichmäßig, aber fürs menschliche Auge kaum noch als Samenflüssigkeit identifizierbar, mit dem Küchentuch verteilt hat. Das Geld, das ich für die Taxifahrt nicht bezahlen muss, spende ich übrigens später am Abend noch der Aids-Hilfe.

Doch es soll noch nicht das Ende dieses erotisch aufgeladenen Abends sein. Nachdem ich mein DJ-Set im Sage Club beendet habe, entschließe ich mich, noch auf einen Sprung im Café Moskau vorbeizuschauen. Dort feiern mehrere meiner engsten Freunde auf einer Party. Wieder ein Taxi, wieder ein Türke. Der gefällt mir ja fast noch besser als der von vor ein paar Stunden. Der klassische Flirt über den Rückspiegel beginnt. Die Fahrt dauert nicht lange, also komme ich, leicht angetrunken, direkt zum Punkt.

„Na, dauert Ihre Schicht noch lange?"

„Ja! Gerade erst angefangen. Heute nicht so viel los!", antwortet das kräftige Prachtexemplar mit Rückenhaaren. Ich frage ihn unverblümt, ob ich ihm einen blasen soll.

Er erwidert erfreut: „Klar, warum nicht?"

Wir fahren rechts ran. Er steigt aus, kommt nach hinten zu mir und steckt mir ohne viele Worte seine Rübe in den Schlund. Mein Erinnerungsvermögen, was Schwänze angeht, ist normalerweise spektakulär, aber ich weiß bei Gott nicht mehr richtig, wie dieser Schwanz ausgesehen haben mag. Dabei ist es doch wichtig, sich Größe, Dicke, Form und Geruch zu merken, falls man sich wieder trifft und es noch einmal miteinander treiben möchte.

Komischerweise hatte ich mein einziges Déjà-fuck – so nennt man wohl ein Déjà-vu beim Sex – auch im Sage Club. Ich hatte einem Anzugträger einen geblasen, der erst einen ganz kleinen, nach zwei Minuten Bearbeitung aber einen ganz großen Schwanz hatte. Ich erinnerte mich plötzlich genau, diesen Penis schon einmal vor mir gehabt zu haben. Ich fragte den gepflegten, jungen Mann, ob wir schon einmal das zweifelhafte Vergnügen gehabt hätten? Seine Antwort: „Hey, Nina. Das ist ja wohl ein Scherz. Jedesmal, wenn wir uns im Sage treffen, bläst du mir einen." Peinlich! Dieser verdammte Alkohol. Was hat er aus mir gemacht? Eine vergessliche Wiederholungstäterin.

Zurück zum Taxi irgendwo am Wegesrand in Richtung Café Moskau. Mein Taxifahrer stöhnt laut und doll. Seine letzten Zuckungen sind bereits eingeleitet und er wird jeden Moment abspritzen. Mit einem gekonnten Griff ziehe ich seine saftige Gurke rechtzeitig aus meinem Mund und verziere mir mein Kleidchen zum zweiten Mal in dieser Nacht mit dem Zuckerguss des Lebens. Diesmal aber, ohne es hinterher abzuwischen. Wenige Minuten später präsentiere ich im Café stolz meine frische Samengirlande. So festige ich meinen Ruf als unersättlicher Vamp und als Freundin der Berliner Taxi-Innung.

# Meine Zweitwohnung

Das Freudenhaus ist eine winzige Kneipe. Auf keinen Fall größer als meine Wohnung. An den Wänden kleben Teppiche mit verrückten Mustern, überall stehen kitschige Gegenstände herum. Über dem Zigarettenautomaten hängt im barocken Goldrahmen das Foto einer alten Frau mit Erich-Honecker-Brille. Erhellt wird die Bar ausschließlich mit Lichterketten und unter den Decken drehen sich Spiegelkugeln. Es blinkt und flimmert also in jeder Ecke.

Die Luft ist stickig. Der Geruch von Zigaretten, Schweiß und Urin hängt in der Luft. Auch die Mischung der Gäste ist einzigartig. Wer wissen will, wie Berlin funktioniert, kann dies bei einem Besuch dieser 50 Quadtratmeter in der Hauptstraße erleben. Hier treffen sich Zuhälter, Huren, Filmregisseure, Schauspieler, Künstler, Drogensüchtige, Dealer, Spieler, Hausfrauen, Taubstumme, Polizisten, die Mafia und alle, die sonst noch die Nacht zum Tage machen wollen. Karl Lagerfeld und Wolfgang Joop waren auch schon da. Stadtbekannte Huren und Transen arbeiten hier gemeinsam mit ehemaligen Rockstars und durchgeknallten Amerikanern am Tresen. Ins Freudenhaus geht man nicht vor Mitternacht. Gern auch später. Von Mitternacht bis Mittag ist die beste Zeit, um sich hier aufzuhalten.

Drei Mitarbeiter mag ich besonders: Natascha, eine lesbische Polin, die schon in TV-Seifenopern mitgespielt hat und mit ihren wallenden, blonden Locken und ihrem kindlichen Charme jeden Pädophilen verrückt werden lässt; Rocco, ein kleinwüchsiger Holländer mit dunkler Haut, in dessen Po mehr Verkehr herrscht als am Berliner Hauptbahnhof. Dann ist da noch Paula. Eine polnische Dragqueen, mit der ich viel unterwegs bin. Sie arbeitet donnerstags an Chantals Garderobe, die übrigen

Tage hier im Freudenhaus. Wir sind uns in vielen Dingen ähnlich und auf dem besten Weg, gute Freunde zu werden.

Wenn andere Verpflichtungen dem nicht entgegenstehen, bin ich jeden Donnerstag im Velvet Goldmine und feiere dann das ganze Wochenende im Freudenhaus durch. Im Freudenhaus bekomme ich alles, was ich brauche: Türken, die mir pro Blowjob eine Linie Koks ausgeben, Schweden, die mich auf den Toiletten ficken, und Prominente, die mir die Zunge in den Hals und den Finger in den Arsch stecken. Ich bin bekannt im Freudenhaus und gerne gesehen. Weil ich fast allen männlichen Gästen etwas Gutes tue und die weibliche Kundschaft bestens unterhalte, ist es die Anordnung vom Chef persönlich, mich kostenlos mit Getränken zu versorgen.

Samstag, zwei Uhr morgens: Die Nacht ist jung. Das Angebot eines Mannes, mich für einmal Blasen oder Wichsen zu bezahlen, lehne ab. Keine zwei Minuten später lasse ich mir stattdessen von einem stadtbekannten Dealer eine Nase Kokain ausgeben. Während ich die weiße Spur vom Klodeckel ziehe, nutzt er die Position aus und fickt mich. Wir kennen uns und lieben dieses Spielchen. Er braucht das zur Entspannung. Vor ihm liegt schließlich eine Nacht harter Arbeit. Jetzt geht er auf Kneipentour und versorgt die ganze Stadt. Später wird er wiederkommen und mir noch zwei, drei Spuren ausgeben, ohne zu ficken. Zumindest nicht mit mir.

Ich unterhalte mich mit ein paar Nutten am Tresen, während ich einen Cocktail trinke. Mit der Hand fahre ich mir immer wieder aufreizend durchs lange, schwarze Perückenhaar. Befeuchte lüstern, aber konzentriert die Lippen. Schon habe ich Blickkontakt mit einem Typen, der mit Jeans und einem schlichten, weißen T-Shirt bekleidet ist. Erotisch ziehe ich am Strohhalm meines Drinks. Er lächelt mich an, ich lächle zurück. Das Spiel ist der Klassiker des Anmachverhaltens.

Dann gebe ich ihm mit meinem Kopf ein Zeichen, mir zu folgen, und stolziere in Richtung Damentoilette. Mist, besetzt. Solche Verzögerungen kommen gar nicht gut. Es muss schnell über die Bühne gehen. Für einen Toilettenfick mit einer Transe entscheidet man sich, ohne lange nachzudenken. Dass er nachdenkt, ist das Letzte, was ich will. Ich poche heftig an die Tür, rufe, dass ich dringend kotzen muss. Drei Mädchen, wahrscheinlich Touristinnen, öffnen die Tür. Ich vertreibe die eingeschüchterten Dinger mit lautem Herumschreien und wildem Gestikulieren und dränge mich mit dem Kerl ins Klo. Mit Prostituierten – übrigens meine größten Konkurrentinnen und zugleich besten Freundinnen in der Bar – hätte ich es wohl nicht so leicht gehabt. Tür zu! Ich setzte mich auf die Muschel und knöpfe ihm die Hose auf. Bevor ich seinen schlaffen Schwanz überhaupt das erste Mal in den Mund nehme, fängt der Typ schon an zu stöhnen. Nach zwei Minuten steht fest, dass ich mit diesem Kerl bestimmt nicht ficken werde. Für einen Megaschwanz wie seinen ist es um diese Uhrzeit definitiv zu früh. Am Ende so eines Abends bin ich dann meist nicht mehr so empfindsam. Deep Throat geht aber immer. Für alle, die nicht wissen, was das ist: Dabei nimmt man den Schwanz bis zum Anschlag in den Rachen. Ich kraule dem Kerl dabei noch die Eier, den Damm und das Arschloch, er scheint es zu mögen, stößt mir immer heftiger und schneller in den Schlund. Kurz bevor ich ersticke, ziehe ich seine Rübe aus meinem Mund, wichse ihn und lasse mir sein Sperma auf meine ausgestopften Titten spritzen. Während er noch seinen Schwanz am Waschbecken säubert, stehe ich schon wieder bei den Nutten am Tresen, bestelle einen Sekt auf Eis und zeige stolz meine neu erworbene Perlenkette her. In der Hitze der Nacht wird sie dünnflüssiger und verteilt sich im Gedränge wie von selbst auf andere Gäste.

Zwei junge Türken, beide Mitte 20, gehen mit arroganten Blicken an mir vorbei und rempeln mich an. Sie sind immer noch sauer, weil ich den Sex mit ihnen – ich war eben dabei, ihnen synchron einen zu blasen – abgebrochen habe. Wenn eine Transe ihre Arbeit nicht zu Ende macht, ist das jugendliche Macho-Ego angekratzt. Ich mache mir keinen Kopf und massiere bereits den Schwanz in der Hose eines Typen im Rockabilly-Look. Wir kennen uns nicht und haben auch noch kein Wort miteinander gesprochen. Ist das nicht fantastisch, sich mit jemandem zu amüsieren, den man nicht kennt und mit dem man nicht spricht? Einfach so? Niemand interessiert sich für uns, umso mehr sind wir beide an uns interessiert. Seine engen, ausgeblichenen Bluejeans, seine Tattoos an den kräftigen Oberarmen, die Raubtierzähne an seiner Halskette und die übergroße Gürtelschnalle mit der Abbildung eines Stierkopfes bringen mich in Ekstase. Dazu Elvislocke, hochgekrempeltes Hawaiihemd – ich muss ihn haben!

Er küsst mich. Dann erst spricht er das erste Mal. Er schlägt mir vor, ins Hotel nebenan zu gehen, wo er ein Zimmer hat. Mir soll es recht sein. Dort packt er auf den Tisch mehrere Gramm Kokain, von dem wir uns immer wieder bedienen. Er zieht sich und mich aus. Die Perücke behalte ich aber auf. Er fickt mich ein bisschen an, dann legt er sich auf den Rücken ins Bett und macht sich bereit. Noch ein kräftigender Schluck Sekt aus der Minibar, dann lecke ich ihm die Eier. Er erzählt mir von seinem Job als Architekt für ein Hotel am Potsdamer Platz. Im Hintergrund laufen im Fernsehen Rockvideos. Er will, dass ich ihn ficke. Doch er schläft ein, während ich ihn noch durchbumse. Die ständige Kokserei war für meinen Elvis wohl etwas zu viel des Guten!

Als es am nächsten Morgen ungeduldig an der Tür klopft, springt mein tätowierter Architekt wie von der Tarantel gestochen auf. Er rennt an die Tür, steckt seinen Kopf hinaus in den Gang und unterhält sich mit jemandem. Auf dem Nachttisch liegen noch einige Briefchen mit Koks. Ich greife schnell nach einem und verstecke es unter meiner Perücke. Er kommt zurück und erklärt mir, dass er zur Baustelle muss. Flink ziehe ich mich an, kämme mir die Haare ins Gesicht und verabschiede mich. Verpeilt wie ich bin, irre ich minutenlang im Hotel umher, finde keinen Aufzug und auch keine Treppe. Schließlich erbarmt sich eine der Putzfrauen und zeigt mir eine große Metalltür, die ins Treppenhaus führt. Auf der Straße vor dem Hotel winke ich mir ein Taxi. Bestimmt muss ich dieses Mal für die Fahrt bar bezahlen. So wie ich aussehe, würde sich nicht einmal der Teufel persönlich von mir einen blasen lassen. Zu allem Übel habe ich auch noch meine Silikontitten bei Elvis im Zimmer liegen lassen. Die sind teuer! Aber ich kann und will nicht zurück ins Hotel.

Untypisch für mich, setze ich mich nach vorne ins Taxi. Ich brauche etwas Smalltalk. Der Taxifahrer redet über dies und jenes. Er beruhigt mich, aber richtig zuhören kann ich nicht. Zu sehr steckt mir die Nacht in den Gliedern. Die Sonne brennt vom Himmel durch die Fensterscheibe des Taxis. Ich schwitze und kratze mich dabei an meiner Perücke. Puff! Das Koks, das ich darin versteckt hatte, staubt mir neben dem Fahrer übers Gesicht. Er schaut verwundert drein, sagt aber nichts.

Monate später sehe ich zufällig fern und erkenne meinen Architekten sofort wieder. Er ist Gast in der Talkshow „Vera am Mittag“ und streitet sich dort beim Thema Fremdgehen mit seiner Freundin. Er ist arbeitsloser Sozialhilfeempfänger und hat keine Zähne mehr im Mund. Das war mir gar nicht aufgefallen.

# Meine erste Party in der DDR

Längst bin ich nicht mehr nur Gast in den Klubs und Bars der Stadt. Ich trete auch als Künstlerin auf Partys auf und sammele die ersten, mitunter schmerzlichen, aber für meine spätere Karriere wichtigen Erfahrungen. Auf der Bühne nenne ich mich Nina Queer. Das englische Wort „Queer" beschreibt das Unangepasste, das sich nicht ins übliche Schema pressen lassen will. Ich entscheide mich für Queer als Nachname, weil ich schräger, schwuler, aber auch politischer sein will als mein Vorbild Nina Hagen, auf die mein Vorname verweist.

Mein erster Auftritt findet im linksalternativ angehauchten Ackerkeller Anfang November 2000 statt. Meine Performance ist jedoch alles andere als alternativ. Im Vollplayback bewege ich zu dem Schlager „Ein Schiff wird kommen" meinen Mund. Am Ende werfen Lesben mit Zeitungen und vollen Bierflaschen nach mir. Nicht gerade eine Sternstunde für mich. Doch ich gebe nicht auf. Ich versuche, Fehler nie ein zweites Mal zu machen. Mit jedem weiteren Auftritt lerne ich dazu, werde sicherer. Meine Showeinlagen unterscheiden sich an Absurdität und Witz eindeutig von denen meiner teils sehr berühmten Konkurrentinnen. So esse ich ein Brathühnchen, während ich „My All" von Mariah Carey singe, und spucke die Knochen ins Publikum. Es heißt im Text des Songs schließlich „I give my all"!

Bei „Du liebst mich nicht so wie ich bin" von France Gall verprügele ich eine aufblasbare Sexpuppe auf der Bühne. Je nach Laune und Musiktitel überschütte ich mich mit Maden und Schaben aus der Tierhandlung, kippe mir eimerweise Wasser über mein Gesicht oder bringe mit Sperma gefüllte Kondome zum Platzen. Ich bespritze die Leute in den ersten Reihen und singe dabei „Sperma ist ekelhaft". Natürlich ist es nur Shampoo in den Kondomen! Beim Publikum kommt das an. Man spricht über mich in Berlin. Zunächst nur in einem kleinen exklusiven Kreis. Dann erscheinen erste Fotos von mir in Schwulenmagazinen. Ich werde immer öfter gebucht und schließlich trete ich sogar auf meiner Lieblingsparty im House of Shame auf.

Diese ersten Erfolge stärken mein Selbstbewusstsein. Ich will meine eigene Party in der Stadt veranstalten. Meine mittlerweile gute Freundin Chantal ist mir darin ein Vorbild. Eine niveauvolle Veranstaltung soll es sein, exklusiv. Ich mache mich auf die Suche nach einer geeigneten Location. Doch wieder muss ich erst eine Enttäuschung verkraften: Niemand will mich. Die angesagten Läden Berlins wollen keine Party, weder von noch mit mir. Meistens werde ich nicht einmal bis zum Besitzer durchgelassen. Ich kassiere Absage nach Absage. Das Schlimmste ist, wenn ich dann beim Rausgehen sehen muss, wie die Barkeeper die Augen verdrehen und sich über mich lustig machen. Außerhalb der Transenszene bin ich unbekannt und ich bekomme keine Chance.

Liegt es an meiner Art, die manchmal derb und ausfallend ist? Aber ich will doch die Böse sein. Das gehört zu meinem Image, dauernd Leute zu beschimpfen, zu beleidigen und anzuschreien. Ich will nicht die liebe Damenimitatorin sein, die brav ihre Witze erzählt. Davon gibt es schon so viele. Doch leider haben sie im Gegensatz zu mir Erfolg.

Ich gebe jedoch nicht auf, denn ich bin überzeugt von meinen Fähigkeiten.

Zu DDR-Zeiten war Die Schoppenstube eine angesagte Kneipe in Ostberlin. Jeden Abend gab es lange Schlangen an der Tür.

Man prügelte sich mit anderen Gästen in der Reihe, um ein, zwei Plätze gutzumachen. War man endlich am Eingang angekommen, musste man die Türsteher schmieren, um durchgelassen zu werden. Drinnen fanden sich jede Menge West-Touristen. Für die schwulen Ostberliner war es die Chance, an echte US-Jeans zu kommen, für die schwulen Westberliner ging es um Frischfleisch, wenn sie in ihrer Hälfte der Stadt schon alle Männer durchhatten. Doch mit dem Fall der Mauer änderte sich alles. Die Besitzer dachten, für sie würde alles weiterlaufen wie früher, und versäumten es, den Laden gründlich zu renovieren. Als die Gäste ausblieben, konnte man dann schon aus Geldmangel nichts mehr ändern.

Hunderte neue schwule Bars und Klubs haben der „Schoppe" mittlerweile den Rang abgelaufen. Unter all den funkelnden Berliner Etablissements im schicken Design wirkt die Schoppenstube inzwischen wie ein Fossil. Selbstbewusst stöckle ich in die Bar und will den Chef sprechen. Ich werde nicht abgewiesen und es folgt ein langes Gespräch. Aber an meiner Party ist der Besitzer eigentlich gar nicht interessiert. Ihm geht es nur darum, ob er was für seinen Laden herausholen kann. Er lächelt mich mit seinem Oberlippenbart und dem Krankenkassengestell auf der Nase an und unterbreitet mir ein Angebot, das keines ist. Ich kann die Party veranstalten, bekomme aber kein Geld von den Getränken, für Werbung und alle anfallenden Gagen von Künstlern und Angestellten muss ich selbst aufkommen. Ebenso muss ich für alle eventuellen Schäden geradestehen. Nur das Eintrittsgeld von 6 Mark pro Person darf ich behalten – abzüglich einer Miete von 180 Mark für die Nutzung von CD-Playern und Lichtanlage. Ich willige ein.

Ich fühle mich wie ein dicker Urwaldtourist, dem von Kannibalen die Haut abgezogen wird. Natürlich ist mir klar, dass dies ein schlechter Deal ist. Aber die Schoppenstube ist meine letzte

Möglichkeit. Eine andere Chance, im Berliner Nachtleben Fuß zu fassen, sehe ich nicht. Als ich dem Chef der Schoppenstube die Hand zum Einschlag entgegenstrecke, ist mir klar: Es muss klappen! Einen Flop kann ich mir nicht leisten.

Vor mir liegt viel Arbeit. In einem Monat will ich diesem Laden meine Liebe und Kreativität einflößen. Jetzt muss alles schnell gehen. Die Geldfrage verdränge ich, so gut es geht. Was ich in der Imbissbude und durch die Auftritte verdiene, wird gerade für die Gestaltung von Flyern und den Druck reichen. Schon stehe ich vor einem weiteren Problem: Ich kenne keinen Grafiker, der sie mir machen kann. Schnell gebe ich eine Suche in einem Blatt mit Kleinanzeigen auf. Es meldet sich Andy. Ende zwanzig, sieht er ein bisschen aus wie TV-Moderator Andreas Türck, nur mit schlechten Zähnen. Wir einigen uns auf ein Motiv und den Inhalt. Er verlangt verhältnismäßig viel Geld für relativ wenig Arbeit. Kurz: Er zieht mich voll ab. Aber die Zeit drängt.

Zusammen mit Bettina hole ich die fertigen Flyer aus der Druckerei ab. 5.000 Stück habe ich drucken lassen. Ich lege mich zwei Stunden in die Badewanne und verliere mich völlig in der Betrachtung des Ergebnisses: die Ankündigung meiner ersten eigenen Party. „Dani L.s Pink Ballroom" steht da zu lesen. Welch ein grandioser Name! Und auch vom Untertitel „Präsentiert von der Dragqueen Nina Queer" bin ich beeindruckt. Ich finde mich selbst toll!

Die nächsten Wochen bin ich hauptsächlich damit beschäftigt, die Flyer unters Volk zu bringen. Auf welcher Party ich auch bin, mache ich Werbung und verteile sie. Eine unbekannte Jungtranse mit schlecht gezupften Augenbrauen, die einen mit hässlichen Postkarten belästigt – darauf hat Berlin gewartet. Schwule verehren Transen, aber nur, wenn sie glamourös und vor allen Dingen berühmt sind. Von beidem bin ich weit entfernt. Häufig wendet man sich einfach von mir ab. Wortlos. Die höflicheren Menschen murmeln wenigstens ein „Nein, danke". Andere nehmen die Postkarte in Empfang und lassen sie, kaum dass ich mich umgedreht habe, auf den Boden fallen. Eine Lesbe wirft mir den Flyer mit den Worten „Ich steh nicht auf Homokultur" ins Gesicht. Ich beschließe, keine Werbung mehr an kurzhaarige Frauen, die ein Holzfällerhemd tragen, zu verteilen. Wissen die Leute denn meine schönen, teuren Flyer, die ich mit meinem hart verdienten Imbissbuden-Lohn bezahlt habe, nicht zu schätzen? Ich lasse mir nichts anmerken und trage die teils offensive Ablehnung mit Würde und Stolz.

Der Tag meiner ersten Party ist da. Für eine Dekoration hat mein Geld nicht gereicht und so muss die Show in einem Raum stattfinden, in dem sich seit 30 Jahren nichts verändert hat. Billige Auslegeware auf dem Boden, Kacheln an den Wänden, bröckelnder Stuck mit zerfallenen – oder soll ich besser schreiben „gefallenen" – nackten Engeln an der Decke. Die Beleuchtung ist schlecht, der Eingang zum Dunkelraum mit Brettern zugenagelt. Der Besitzer und seine schlecht gelaunten Angestellten versprechen sich von diesem Abend gar nichts.

Mein Team besteht aus Bettina an der Garderobe und Ulf, einem aktuellen Flirt, an der Kasse. Hugo vom Imbiss und Melli Brot, eine stadtbekannte Transe, unterstützen mich auf der Bühne. DJ Püppi von der Schoppenstube und ich selbst werden für die Musik sorgen.

Aus alten Getränkepaletten und Krepppapier haben wir noch schnell eine Bühne gebastelt. Ein herumhängender Wärmestrahler wird zum Verfolgerlicht. Dann heißt es, auf die Gäste warten. Ich bin furchtbar aufgeregt, lasse es mir aber nicht anmerken. Schon gar nicht gegenüber den mürrisch dreinschauenden Mitarbeitern der Schoppenstube. Ich gebe die gut gelaunte Gastgeberin mit einem netten Witzchen hier und da. Ich kann, darf und will niemanden enttäuschen. Weder die Freunde, die mich unterstützen, noch meine Gäste. Zu lange habe ich mich auf diesen Moment vorbereitet. Heute will ich es allen Berliner Nachtschwärmern zeigen: Ich bin da! Kommt, um mich zu preisen! Doch im Moment ist Contenance gefragt!

Am Ende der Veranstaltung um zwei Uhr morgens haben 50 (!) zahlende Gäste in die Schoppenstube gefunden. Viel zu wenige, um auch nur eine müde Mark zu verdienen. Mit 100 bis 150 Gästen habe ich gerechnet, gehofft habe ich auf wesentlich mehr. Nach Abzuge der Miete, der Gage für Melli und den DJ – meine Freunde arbeiteten Gott sei Dank umsonst für mich – bleibt nichts als ein Verlustgeschäft für mich übrig. Dabei hatten sich alle so angestrengt. Mein mitgebrachtes Personal war freundlich und die Show hatte wirklich Weltniveau. Na gut, vielleicht für eine Kellertravestieshow mit eineinhalb Stunden etwas zu lang. Verbessern und verkürzen kann man sich ja immer!

Die letzten vier Wochen hat sich in meinem Leben alles um diesen einen Tag gedreht. Nun fühle ich mich ausgebrannt. Es fällt mir schwer, mir mein Scheitern einzugestehen. Mühsam versuche ich zu lachen, um nicht weinen zu müssen. Der Abend endet für mich in einem Fiasko. Die Schoppenstube dagegen dürfte den besten Umsatz seit der Schließung der Deutschen Demokratischen Republik gemacht haben.

# Bin ich eine Nazihure?

Auf den Flyern zur ersten „Pink Ballroom"-Party steht auch der Termin für die Folgeveranstaltung. Daher muss ich eine weitere Show in der Schoppenstube über die Bühne bringen. Wider Erwarten wird die zweite Veranstaltung wenige Wochen später ein kleiner Achtungserfolg. Mit gut 80 Leuten kommen mehr Gäste als beim ersten Mal. Außer der Miete entstehen keine zusätzlichen Kosten. Verdient habe ich immer noch nichts, aber rechnet man die Eintrittsgelder der beiden Abende zusammen, kommt finanziell unterm Strich wenigstens eine Null dabei raus. Das nenne ich eine echte Schadensbegrenzung. Nicht verschweigen will ich, dass 50 Mark zusätzlich in die Kasse kamen, weil ich einem arabischen Bauarbeiter, der mir von der Straße ins Lokal gefolgt war, vor Beginn der Show einen runtergeholt habe.

Als ich Matthias, den Geschäftsführer einer stadtbekannten Sexbar, unter den Gästen entdecke, scheint mir mein Abend endgültig gerettet. Wie oft schon habe ich an seinem Tresen gesessen und ihn angeschmachtet. Wir haben geflirtet, aber es kam nie zum Sex. Meine Versuche, ihn aus dem Kopf zu kriegen, waren vergebens. Und jetzt taucht er auf meiner Party auf. Er trägt wie üblich seine Springerstiefel, dazu ein schwarzes, enges T-Shirt über dem sehr dünnen, aber durchtrainierten Körper. Seine Haare hat er an den Seiten bis knapp unterhalb der Schädeldecke abrasiert. Mit seinem streng gezogenen Seitenscheitel ist Matthias der deutsche, stramme Bursche wie aus dem Bilderbuch. Wüsste ich nicht, dass er schwul ist – ich würde in ihm eher einen Rechtsradikalen vermuten. Andererseits: Schwulsein schützt vor Torheit nicht!

Unter dem Einfluss einiger Jägermeister dauert es nicht lange und wir sind in einer Ecke der „Schoppe“ eifrig bei der Sache. Er drängt mich in eine Nische hinter einem Vorhang. Ohne ein Wort drückt er mich nach unten. Ich liebe diese stillen Befehle. Schon geht meine Fantasie mit mir durch. Ich bin seine Kriegsbeute und unterwerfe mich ihm. Ich öffne seine Militärhose, will in Gedanken bereits losbrüllen „Jawohl, Herr Nazi-General. Ich tue alles, was Sie sagen, aber bitte bringen Sie mich nicht um, Herr Nazi-General!“ ... und entdecke den wahren Grund, warum man sich vor Nazis in Acht nehmen sollte. Matthias hat den kleinsten Schwanz, den ich je gesehen habe. Ernüchtert, wie ich nun bin, fällt mir ein, gelesen zu haben, dass es sich bei einem Penis unter acht Zentimeter um einen „Mikropenis“ handelt. Mein guter Ruf als Bläserin lässt es aber nicht zu, mich jetzt abzuwenden. In deutsch-österreichischer Pflichterfüllung mache ich mich ans Werk.

Noch zwei weitere Male veranstalte ich meine Partyreihe in der Schoppenstube. Dann bekomme ich ein lukrativeres Angebot von einem räumlich zwar kleineren Klub, der aber derzeit voll im Trend ist. Als der mürrische Chef der Schoppenstube merkt, dass es mir ernst damit ist, den Klub zu wechseln, will er auf die Miete verzichten und bietet mir sogar eine Umsatzbeteiligung an. Danke! Nein danke. Mein Team und ich ziehen weiter.

In den nächsten anderthalb Jahren werde ich von Klub zu Klub ziehen. Die Veranstaltungen haben Namen wie „Geistesgestört im Erdbeerclub“, „Ninas Babypause“ – auf der Bühne verzehre ich zu fröhlichen Schlagern kleine Babys aus Marzipan – oder „Die Tage der Nina Queer“. Hier menstruiere ich vor Publikum zu Klängen von Mozart und Beethoven. Die „Bürgerparty“ heißt so, weil sie ein Gemeinschaftsprojekt von mir und dem bekannten House-DJ Bürger P. ist. Sie ist sehr erfolgreich und erhält viel Aufmerksamkeit durch die Presse. Da Bürger P. die Party musikalisch, ich im Gegensatz zu ihm aber künstlerisch weiterentwickeln will, trennen sich unsere Wege wieder.

# Komm ins Irrenhouse

Ich erhalte im Januar 2001 eine eigene Kolumne unter dem Titel „Ninas heiße Spalte“ im Stadtmagazin „Prinz“, die von da an monatlich erscheint. Innerhalb kurzer Zeit macht mich das berühmt-berüchtigt, denn ich berichte über die Klub- und Partyszene Berlins. Von Monat zu Monat warten Szene-Promis und Klubbetreiber, die mich in ihrer Location erspäht haben, ängstlich wie neugierig auf die neueste Ausgabe. Gnadenlos lasse ich mich über alles aus, was mir auf meinen Streifzügen durchs Nachtleben nicht gepasst hat. Ob es das Klo, die Dekoration, die Musik oder die Bühnenshow ist, in meiner Kolumne fällt alles durch, was nicht meinem persönlichen Geschmack entspricht. Diktatorisch vertrete ich meine eigene, subjektive Meinung. Man muss es ja schließlich nicht lesen, wenn man nicht will.

Gibt es bei einer Veranstaltung zu wenige Freigetränke für mich, kommt sie im Magazin schlecht weg. Egal, wie gut die Party auch gewesen sein mag. Die Kolumne würze ich stets mit den peinlichsten Fotos, die man für Geld bei den einschlägigen Szene-Fotografen bekommen kann. Die günstigsten und besten Fotos sind allerdings die, die ich selbst mache. Wenn ich Leute, meist in den frühen Morgenstunden, in kompromittierenden Situationen ertappe, zücke ich schamlos den Fotoapparat und drücke ab. Von Schweißflecken über Schuppenflechten bis hin zu den heraushängenden Schamlippen einer Go-go-Tänzerin ist mir schon alles vor die Linse gekommen.

Viele Kritiker melden sich. Sie finden es unverschämt, wie und was ich schreibe und welche Bilder ich veröffentliche. Sie verspotten mich wegen meiner Tätigkeit am Imbiss. Ach bitte!

Den Imbiss-Job mache ich noch einmal die Woche und auch nur deshalb, weil ich darüber günstig krankenversichert bin.

Die Wirklichkeit ist, dass ich versuche, in meinen Kolumnen ein absurdes Bild der Regenbogenpresse wiederzugeben. Was Popsängerin Madonna oder Model Kate Moss an Peinlichkeiten widerfährt, kann auch Uschi aus Neukölln geschehen. Und mit meiner Kolumne zeige ich: Die Öffentlichkeit hat ein Recht darauf, es zu erfahren!

Über das Prinz-Magazin entsteht ein für mich recht interessanter Kontakt mit dem Klub Bastart, eine private Discothek im Prater, dem ältesten Biergarten Berlins. Er liegt in der Kastanienallee im Prenzlauer Berg, direkt um die Ecke von meiner Wohnung. Die Betreiber suchen für den dritten Samstag im Monat ein neues Partykonzept. Selbstredend bin ich begeistert von der Idee. Aber kann ich einen so großen Klub füllen? Bisher konnte ich maximal 350 Gäste zu einer Party locken. Ins Bastart passen aber bis zu 600. Und die Miete ist nicht gerade billig. Ein Risiko. Finanziell könnte ich mir höchstens ein bis zwei Flops leisten. Wenn es klappen würde, wäre ich eine gemachte Frau. In so einem angesagten Laden kann man ohne Weiteres 15 Mark Eintritt verlangen. Ich sage zu. Das Mahlwerk beginnt seine Räder zu drehen. Eine Legende beginnt.

Das Irrenhouse, wie ich meine neue Partyreihe nenne, funktioniert vom Anfang an. Ein ganzes Jahr lang läuft sie mit riesigem Erfolg im Bastart. Dann werde ich rausgeworfen, weil ich auf der Bühne eine Kissenschlacht veranstalte. Das Ganze gerät zu einer denkwürdigen, perversen letzten Party! Lauter Nackte überall. Bekleidet nur mit Federn. Alle auf Droge. Die Federn werden immer und immer wieder in die Luft geworfen. Die Kleinstfederteilchen, die in der Luft herumwirbeln und das Atmen im Klub erschweren, machen einen Großteil der Technik kaputt. Die feinen Partikel verstopften die Zuluftsysteme der Geräte.

Beim Dreh für „Hapes zauberhafte Weihnachten“ bei mir im „Schmutzigen Hobby“. Hape Kerkeling kam als Uschi Blum. (© Kay Ramczyk)

Wilde Partynächte verbinden uns: Wilson Gonzales Ochsenknecht und ich beim „Nachschub“ holen in meiner Küche. (© Kay Ramczyk)

Mit Jimmy Somerville trat ich 2003 beim CSD gemeinsam auf. (© Michael Pfötsch)

Eine Nacht lang war Hollywood-Star Udo Kier ganz verliebt in mich. Später schlief er während meiner Moderation ein.
(© Kay Ramczyk)

Désirée Nick und ich sind seit 10 Jahren befreundet. Hier in meiner Bar „Zum schmutzigen Hobby". (© Kay Ramczyk)

Beinarbeit mit Michael Mittermeier.
Hier backstage bei der „Oliver-Pocher-Show“. (© danieljameszander.de)

Ich zu Gast in der TV-Show von Oliver Pocher. Hoffentlich ist an ihm nicht alles so klein wie sein Körper. (© danieljameszander.de)

Dicke Freunde: Reiner Calmund (links) mit Begleitung und ich.
(© danieljameszander.de)

Mit Sängerin Beth Ditto bin ich gut befreundet. Wir trafen uns schon häufig auf unterschiedlichen Events. Sie lädt mich auf jedes ihrer Konzerte ein. Hier bei der Aftershow-Party des Echo 2010.
(© Kay Ramczyk)

Meine Busenfreundin Annemarie Eilfeld und ich. Dieses Foto zeigt uns beim Feiern nach einer gemeinsamen Radiosendung im „Hobby“. (© Kay Ramczyk)

Kurz vor ihrem Tod drehte ich gemeinsam mit Molly Luft „Die Promi-Trödler“ für RTL (© Kay Ramczyk)

Erst feierten wir gemeinsam wilde Partys, dann nahm ich sogar ein Duett mit der Band „Jennifer Rostock" auf. Wir besaufen uns bis zum heutigen Tag jeden Mittwoch gemeinsam im „Hobby". (© Kay Ramczyk)

Gern gesehene Gäste: Die Gruppe Silbermond! In Andreas (ganz rechts) war ich lange heimlich verliebt. (© Kay Ramczyk)

Irrenhouse-Flyer 2010 zum Kinostart von Sex and the City 2 (© Michael Pfötsch)

TV-Star und Model-Agent Rolf Scheider testet meine Brüste
nach ihrer Echtheit. Wieder einmal eine wilde Nacht im „Schmutzigen Hobby".
(© Kay Ramczyk)

Mein Stecher DJ-Pa$cha und ich 2011
bei Madonnamania im Berliner „SchwuZ“
(© lautundspitz.com)

Ich in meiner Bar „Zum schmutzigen Hobby"
(© Wolfgang Brückner/badabo.de)

Stammgäste im Irrenhouse: Kommissar Rex Gedeon Burkhard
und Hollywoodstar Bai Ling (© Michael Pfötsch)

Als James-Bond-Bösewicht Clemens Schick meine Bar betrat, war ich von der ersten Sekunde an verliebt. Ich mag blaue Augen. (© Kay Ramczyk)

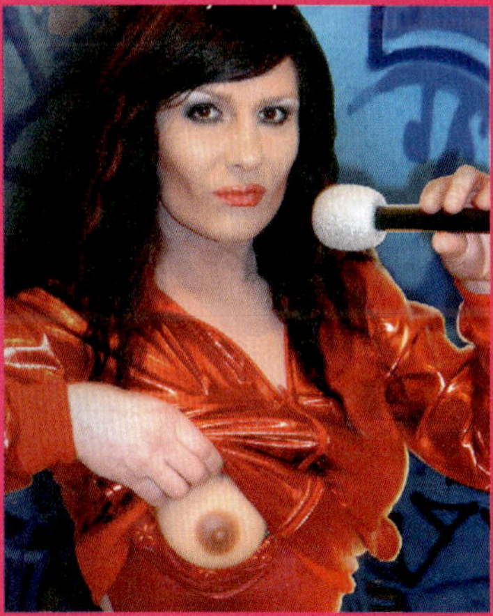

Wegen dieses Fotos ist mir 2011 der Zugang zur Wiener Hofburg verwehrt worden. (© Michael Pfötsch)

Als ich Backstage beim Echo mit meiner Freundin Brigitte Skrothum Faxen machte, gesellte sich Robbie Williams zu uns und war mit von der Partie. Er roch so gut. Ein Jahr später trafen wir uns bei der Aufzeichnung für eine RTL-Show wieder. (© www.am-ende-des-tages.de)

Mit der Party habe ich zum ersten Mal Kultstatus erreicht. Mein Bekanntheitsgrad ist in nur einem Jahr derart angewachsen, dass sich nun jeder Berliner Klub um meine Party reißt. Es fällt mir nicht schwer, das Bastart zu verlassen. Als ich nur zwei Monate später im Geburtstagsklub am Friedrichshain die Pforten zum Irrenhouse wieder öffne, ist das Bastart längst pleite. Wenige Monate später wird er für immer schließen.

Das Team des Geburtstagklubs ermöglicht es mir, jede noch so verrückte Idee, die meinem kranken Hirn entspringt, in die Realität umzusetzen. Lichtschmetterlinge fliegen über Wände. Unzählige Projektionen aus Videobeamern erwecken kahle Mauern zum Leben. Sie bauen mir auch eine große Bühne. Wenn es sein muss, mit Wasserfall. Der Klub verfügt über Künstlergarderoben, drei Dancefloors, einen Darkroom zum Ficken und einen hauseigenen Rummelplatz mit Glücksrad und Dosenwerfen. Das Spiel heißt bei mir natürlich „Mösenwerfen". Mit harten Plastikfischen wird auf Alu-Vaginen geworfen.

Aus Lautsprechern auf den Toiletten dringt erotisches Gestöhne, damit alle denken, in der Kabine nebenan würden es zwei miteinander treiben. Überall im Klub sorge ich dafür, dass sich Pornografie findet, die die Leute aufgeilt. Nicht zu viel natürlich. Die Dosis ist wichtig und der Schritt zum ordinären Swinger-Klub klein. Kunst und Musik sollen im Vordergrund bleiben. Darauf lege ich höchsten Wert.

Ich lasse Transsexuelle auf Schaukeln unter der Decke schwingen. Meine Go-go-Tänzer sind prinzipiell über 60. Candygirls verteilen Süßigkeiten. Menschen in Kostümen von Kühen, Affen und Hühnern mischen sich unters Partyvolk. Die Gästeliste an der Tür macht mein alter Freund Joko. Joko ist ein Künstler, der seine gesamte Lebenszeit dafür aufwendet, sich Partykostüme zu basteln und zu entwerfen, die er auf der nächsten Veranstaltung tragen würde. Ein Monster von Mann! Und mit „Monster" meine ich auch Monster! Mal steckt er seinen mumifierten Körper in weiße Vogelkäfige und lässt dabei Blut aus seinen Augen fließen. Ein andermal zieht er sich einen schwarzen Ganzkörperstrumpf über und verschwindet so fast vollständig in der Dunkelheit des Klubs. Jedes seiner Küstüme ist einzigartig und definitiv ein Kunstwerk für sich.

Die Bardamen tragen Krankenschwestern-Outfits. Männliche Barkeeper sind Pfleger. Im Irrenhouse gibt es jedes Mal eine grandiose Show, für die ich nur die besten und berühmtesten Transen der Stadt buche. Nur wenn ihre einstudierten Nummern schräg genug sind, werden sie auf meiner Bühne präsentiert. Meistens jedoch – und das muss ich einfach mal so sagen – mache ich die besten und raffiniertesten Shows selbst.

Nach der Show wird getanzt und in jeder Ecke Sex gemacht. Man lässt sich gehen.

Als Gastgeberin bin ich immer und überall dabei. Knutsche mal hier, unterhalte mich mal dort. Gelegentlich nehme ich ein Schwänzchen in den Mund oder trinke eine Cola, in die mir irgendein Krimineller eine Droge gemischt hat, als ich mein Glas für einen Moment unbeobachtet habe stehen lassen. Genau so ist es. Seit acht Jahren, jeden Monat.

Längst ist die Party international bekannt. Meine Gäste kommen aus ganz Europa, aus Russland, Japan, Südamerika und aus den USA. Millionäre treffen auf Hollywoodstars, internationale Designer verkehren mit deutschen Filmgrößen. Jede Irrenhouse-Party feiere ich so exzessiv, als wäre es meine letzte. Wer weiß schon, was morgen sein wird? Die Zeit ist schnell und die Angst ihr eifrigster Reiter.

# Mann ohne Sex

Das Platy in der Kopenhagener Straße direkt um die Ecke des berühmten S-Bahnhofs Schönhauser Allee gehört Tobi und Udo. Früher waren sie mal ein Paar. Die warme Farbgebung ihrer Bar – alles ist in Rot- und Orangetönen gehalten – gefällt mir gut. Die Cocktails sind unglaublich lecker, und wenn der Alkohol irgendwo schmeckt, bin ich da. Mit den Eigentümern komme ich schnell ins Gespräch. Udo ist auch Stammgast meiner Irrenhouse-Party. Tobi lässt sich dagegen dort selten blicken. Ich glaube, er findet mich schlimm. Macht nichts, ich ihn auch. Dafür verstehe ich mich gut mit seinem 19-jährigen Lover Stefan, dem bildhübschen Sohn eines Zuhälters und Bordellbesitzers. Vielleicht ärgert es Tobi, dass ich auch außerhalb des Schlafzimmers mit Stefan Spaß haben kann. Wenn man mit Stefan ausgeht, braucht man für den Abend den Dealer nicht mehr zu bestellen. Er hat immer was auf Tasche.

Udo ist, seit ich ihn kenne, solo. Ihn und mich verbindet ein schwarzer Humor, der manchmal ans Makabere grenzt. Wir lieben beide Luxus, gutes Essen, Champagner, guten Rotwein und vor allem exzessive Partys. Aus unserer nächtlichen Smalltalk-Bekanntschaft wird bald eine enge Freundschaft. Eine sexuelle Anziehung besteht nicht zwischen uns. Glücklicherweise, denn bis jetzt ist es mir noch nie gelungen, mit jemandem, mit dem ich Sex hatte, für längere Zeit befreundet zu sein. Mit einer Ausnahme. Aber das ist eine andere Geschichte.

Udo passt auch gut zu mir, weil er genau wie ich ein großzügiger Mensch ist. Anstatt zu streiten, wer die Rechnung bezahlen muss, streiten wir uns darum, wer die Rechnung bezahlen darf. Wir sind uns vom äußeren Typ her ähnlich und kämpfen beide ständig mit Gewichtsproblemen. Solange wir uns nicht nackt ausziehen, werden wir in der Öffentlichkeit als „schlank“ oder an guten Tagen sogar als „dünn“ wahrgenommen. Die Jahre schweißen Udo und mich zusammen und mittlerweile kennen wird jedes dunkle Geheimnis voneinander. Wobei Udo mehr Geheimnisse von mir kennt als ich von ihm. Das liegt freilich nur daran, dass Udo nicht gleich bei mir anruft, nur weil sich ein Arschhaar entzündet hat oder er unter Durchfall leidet. Ich rufe an!

Was mir aber das Wichtigste an der Freundschaft mit Udo ist: Im Gegensatz zu vielen anderen Menschen begegnen wir uns auf Augenhöhe. Er ist also genauso intelligent oder genauso dumm wie ich. Was nun genau, habe ich bis heute noch nicht herausgefunden. Aber es passt!

Was Udo in den Jahren mit mir durchgemacht hat, ist schier unglaublich. Er hat mir die Haare gehalten, wenn ich kotzen musste, hat Typen verprügelt, die mich blöd angemacht haben, und er hat mich getröstet, wenn ich Liebeskummer hatte. Udo berät mich in Geschäftsfragen und unterstützt mich, wo er kann. Wir sind ein eingeschworenes Team. Selbst unsere Freizeitgestaltung stimmen wir aufeinander ab.

Manchmal denke ich, Udo ist der einzige Mensch auf der Welt, der weiß, dass ich Gefühle habe. Viele oberflächliche Bekanntschaften erleben mich immer nur stark und lustig auf der Bühne und glauben deshalb, dass ich auch im privaten Leben keine Schwäche kenne. Ich war mit Typen zusammen, die heute noch denken, sie seien mit einer Spaßkanone liiert gewesen. Um Zerbrechlichkeit und Verletzlichkeit zu zeigen, muss ich jemanden jahrelang kennen.

Von Zeit zu Zeit bekommt der gute Udo allerdings auch mal zu viel von mir. Er kriegt meistens dann die Krise, wenn ich in meinem Narzissmus alles bestimmen und entscheiden will. Dann braucht er ein, zwei Wochen, in denen er sich kaum bei mir meldet, um „die milde Diktatorin", wie ich mich gerne nenne, in sein Leben zurückzulassen.

Udo ist mir einer der wichtigsten Menschen in meinem Leben geworden. Manchmal habe ich Angst, ihn zu verlieren und nicht mehr in meinem Leben zu haben. Was ich spüre, wenn ich an Udo denke, ist schlicht die Freundschaft meines Lebens.

# Lesbische Rechtsprechung

Im Stockwerk unter mir wohnte bis vor Kurzem noch ein Zirkusdirektor. Ein übler Geselle, unhöflich, ungepflegt. Witzig fand ich an dem Zirkusmann, dass er ständig Tiere bei sich beherbergte. Mal eine Horde kleiner, weißer Hunde, mal eine Nacktkatze. Wenn ich ihm zufällig im Treppenhaus begegnete, trug er oft Papageien auf der Schulter. Nicht selten war auf unserem Hinterhof zwischen Mülltonnen und dem Zierfischteich auch eine braune Ziege geparkt. Merkwürdig. Am lustigsten fand ich aber die beiden Affen, die er von Zeit zu Zeit mitschleppte.

Der Zirkusdirektor hatte die Wohnung neben Dora und musste mit der alten Dame den Balkon teilen. Als er einmal vergaß, die Balkontür zu schließen, rannten die Affen in Doras Zimmer. Dora war nicht zu Hause und die Affen aßen nur die Tulpen aus ihrer Blumenvase. Der Direktor hat sich für den Vorfall entschuldigt und einen frischen Strauß besorgt. Erst zwei Tage später, als Dora Unkraut aus ihren Balkonpflanzen zupfte, stellte sich heraus, dass die Affen ihr in den Blumenkasten geschissen hatten. Niemand hätte es erfahren, wenn Dora es nicht selbst herumerzählt und über den „Zigeuner", wie sie den Zirkusdirektor bezeichnete, gelästert hätte. Natürlich zeigten sich alle Hausbewohner gegenüber Dora schockiert. In Wahrheit fanden alle, dass es ihr recht geschah.

Kurz darauf verschwand der Zirkusdirektor samt seinen Tieren. Von meinem Fenster aus konnte ich sehen, wie die Nachmieterin einzog. Unzweifelhaft eine Lesbe, bei den kurzen Haaren und diesen Öko-Klamotten. Ohne Make-up, beinahe taubengrau. Bei ihrem Anblick dachte ich nur, dass es kaum schlimmer hätte kommen können für die arme Dora. Bestimmt war dies eine Lesbe der Gattung Terror-Amazone. Eine, die Dora nicht in Ruhe schlafen lassen würde, weil sie ihre Freundin stundenlang mit einem viel zu großen Dildo bearbeitet. Dora, unsere Hausstasi, und die Lesbe. Da ist doch Ärger vorprogrammiert. Kein Schritt, keine Möse, ohne dass Dora den Mitmietern davon berichten würde.

Wenige Tage später bin ich gerade am Auffummeln. Ich werde die Gala einer großen Werbeagentur moderieren. Ich stecke in einem langen, eleganten Cocktailkleid – und bekomme den Reißverschluss nicht zu. Bin ich zu fett geworden? Schnell verbanne ich diesen absurden Gedanken. Es muss am Reißverschluss liegen. Das Ding rührt sich nicht. Hektisch klingele ich bei meinen Nachbarn. Niemand ist zu Hause. Auch im Hinterhaus hab ich kein Glück. Das kann doch nicht wahr sein! Habe ich jemanden umgebracht oder warum will mein Karma, dass ich bei der Lesbe klopfen muss?

Laute Rockmusik dröhnt aus ihrer Bude. Sie scheint mir zu sagen: „Du wirst wohl doch bei mir klingeln müssen, Damenimitator!“ Und so kommt es, wie es kommen muss. Ich klingele. Bekleidet mit einem recht femininen Spaghettiträger-Top öffnet sie die Tür. Mein Blick wandert nach unten. Die Hose ist viel zu eng für die Krautstampfer, das sehe ich doch gleich. Doch ich rufe mir mein Anliegen ins Bewusstsein und bitte sie höflich darum, mir meinen Reißverschluss hochzuziehen. Ihr freundliches Gesicht, mit dem an La Toya Jackson erinnernden Näschen, strahlt mich an. Sie ist überrascht, neugierig und begeistert. Wer rechnet schon damit, dass ein Transvestit vor der Tür steht, wenn man öffnet?

Sie mag mich. Nach nur zwei Sekunden. Wenn ich einen Menschen zum ersten Mal sehe, weiß ich meist sofort, ob er mich liebt oder hasst. Ich blicke Leuten ins Gesicht, wechsele wenige Worte mit ihnen und spüre Sympathie oder nicht. Umgekehrt ist es genauso. Und in dieser Situation ist das Schlimme: Ich mag sie auch. Ich mag eine Lesbe!

Sie hilft mir aus der Verlegenheit mit dem Reißverschluss und ich bedauere es wirklich, dass ich nicht auf der Stelle länger mit ihr plaudern kann. Die Gala wartet. Aber von nun an begegnen wir uns regelmäßig im Treppenhaus. Wir verabreden uns zum Kaffeetrinken, gehen zusammen aus. So fügt sich zusammen, was zusammengehört. Wir werden dicke Freunde.

Illi – so wird Iljana von ihren Freunden gerufen – ist ganz anders als Udo. Sie ist eine erfolgreiche Rechtsanwältin mit eigener Kanzlei. Sie trinkt und raucht in Maßen. Nimmt keine Drogen. Hasst After-Hour-Partys. Genau wie Udo steht sie mir in jeder Lebenslage bei, mit ihrer sachlichen, vernünftigen Art. Obwohl Illi Udo mag, entsteht zwischen den beiden keine allzu enge Freundschaft. Sie sind einfach zu verschieden. Wenn Udo „Mister Moonlight" ist, dann ist Iljana „Lady Sunshine". Ich bin irgendwie mittendrin.

Illi bringt Kontinuität und Ruhe in mein Leben. Eine Ruhe, wie sie nur eine Frau zu geben vermag. Sie hält mich nicht von meinen Sex-, Alkohol- und Drogenexzessen ab, aber seit ich Illi kenne, sind sie deutlich weniger geworden. Illi motiviert mich zum Sport, schleppt mich nach wilden Abstürzen an die frische Luft oder kocht mir Hühnersuppe, wenn es mir schlecht geht.

Es war ihre Idee, mir einen Hund zu besorgen, damit ich mich mehr bewege. Und nach anfänglichem Zweifel finde ich die Vorstellung gar nicht so schlecht. Meine Eltern hielten immer Hunde und ich liebe Tiere. Da ich an den Wochenenden aber häufig und gerne lange unterwegs bin, habe ich den Wunsch, einen Hund zu haben, stets verworfen. Illi hat jedoch einen Masterplan: Als Anwältin hat sie am Wochenende immer frei und würde den Hund dann übernehmen. Da sie sportlich sehr aktiv ist, könnte sie das Tier anständig herausfordern und auspowern, während es sich dann unter der Woche bei mir wieder ausruht.

Und wie es nun mal so ist, wenn Transen shoppen gehen: Mehr ist mehr! Ich komme mit zwei Hunden zurück: einem reinrassigen Sheltie, eine Art Minicollie, und einem winzigen Ding, irgendwas zwischen Chihuahua und Jack Russel. Dem kleinen Fellhaufen gebe ich den Namen Tinky und den etwas größeren taufe ich Kylie.

Dadurch, dass Illi und ich sehr eng beieinander wohnen und uns nun die Hunde fast wie Kinder ständig beschäftigen, hat unsere Beziehung etwas von einer Ehe. Ohne Sex eben. Aber in diesem Punkt sind Illi und ich ohnedies bestens versorgt.

Obwohl ich mich mit Iljana mehr und heftiger streite als mit jedem anderen Menschen auf diesem Planeten, liebe ich sie. Mein Leben ist durch Iljana besser geworden.

Ach, fast hätte ich vergessen zu erwähnen, Illi ist gar keine Lesbe! Sie liebt Schwänze genau wie ich. Dank meiner Schminktipps und einiger meiner alten Kleider ist sie fast schon ein perfektes Glamourgirl.

# Meine Clique

Zeig mir deine Freunde und ich sag dir, wer du bist. Ein alter, aber weiser Spruch. Früher war ich der Meinung, ein oder zwei „beste Freunde“ reichten aus im Leben. Die vielen Facetten meines Wesens verlangen aber nach mehr. Da ich außerdem ein nicht gerade einfach gestrickter Mensch bin und recht anstrengend sein kann, wäre es nicht fair, diese Last nur einer oder zwei Personen allein aufzubürden. Fürsorglich verteile ich meine Eigenheiten und mein extravagantes Selbst auf all meine Freunde gleichermaßen. Das überstrapaziert den Einzelnen nicht und macht es allen leichter, mich zu mögen. Nina in kleinen Dosen. Kann man sich eine schönere Medikation vorstellen?

Natürlich gibt es in meinem Leben nach wie vor die unvergleichliche und unersetzbare Bettina. Meine erste Gabi und beste Freundin aus Österreich! Ich kenne sie seit 25 Jahren. Das Band, das uns verbindet, ist hart wie Stahl und kann nicht mehr durchbrochen werden. Zu viel haben wir schon gemeinsam erlebt.

Jeden Dienstag treffen wir uns bei mir zum Tratschen. Wir essen eine Kleinigkeit und versinken dann im Sofa vor der Glotze. Unsere gemeinsame Lieblings-TV-Serie sind die „Gilmore Girls“. Bettina hat mittlerweile ihr Studium abgeschlossen und arbeitet seit mehreren Jahren als diplomierte Sozialpädagogin. Sie raucht nicht, nimmt keine Drogen. Dafür ist sie sexsüchtig. Sie hat mittlerweile einen festen Freund, den ich ihr von Herzen gönne. Er verjagt ihr mehrmals täglich die Fledermäuse aus ihrem Schornstein. Gott sei Dank hat sie Arschloch-Tom – wir erinnern uns: der Bauarbeiter, der uns die erste Berliner Wohnung besorgt hatte – in die Wüste gejagt, nachdem er eine andere Frau schwängerte und nicht sie.

Ali ist einer der Letzten, die zu meiner Clique gestoßen sind. Ali ist ein bequemer persischer Vogel, der grundsätzlich eine Stunde zu spät dran ist. Egal, ob es sich um ein Vorstellungsgespräch oder ein Mittagessen handelt. Genauso grundsätzlich kommentiere ich dies in bewusster Mehrdeutigkeit, der Motor seines fliegenden Teppichs sei wohl wieder mal nicht angesprungen. Eines Tages brachten Freunde von mir den freien TV-Redakteur mit ins Schmutzige Hobby. Wir haben uns besoffen und anschließend die Klubs durchstreift. Sich mit irgendwelchen Leuten zu betrinken, gehört bei mir eher zur Regel als zur Ausnahme. Dass sich daraus eine Freundschaft entwickelt, ist hingegen recht selten. Mit Ali und mir war das anders. Es hat von Anfang an wunderbar funktioniert. Er ist eine Seele von einem Menschen. Die Maria Schell unter meinen Freunden!

Ebenfalls Redakteur beim Fernsehen ist mein Freund Michael. Ein schlaues Kerlchen und sehr attraktiv. Er ist Mitte 30 und lebt mit seinem Freund Ingolf, der es auf stolze 72 Jahre bringt, zusammen. Ingolf besitzt mehrere Privattheater, Häuser und Wohnungen auf der ganzen Welt. Sie lieben den Luxus und sie lieben sich. Michael kokst ein bisschen zu viel, aber: *Look who's talking*!

Kay ist eine echte Künstlernatur. Noch keine 40, hat es dieser Mann schon auf rund 200 verschiedene Berufe gebracht! Vom Käseverkäufer über Schauspieler bis hin zum Gemeindepfarrer war er so ziemlich alles. Wenn man seinen Erzählungen lauscht, fühlt man sich unweigerlich an „Rose“ aus der TV-Serie „Golden Girls“ erinnert. Nur dass der Ort St. Olaf durch Lübeck ersetzt werden muss. Genau wie Rose ist er ein liebenswerter Mensch und von großer Hilfsbereitschaft. Man kann auf ihn zählen. Kay und ich arbeiten auch viel zusammen. Wir treten gemeinsam auf oder er unterstützt mich bei Partys.

Seit Kurzem macht er als Brigitte Skrothum die Transen-Szene unsicher. Er sieht als Dragqueen aus wie eine Mischung aus Thomas und Thea Gottschalk. Das Publikum liebt ihn. Sie.

Die Namen meiner beiden Freunde N. und M. können in diesem Buch leider nicht genannt werden. Obwohl sie mir nahe stehen wie kaum jemand und ich ihnen unendlich verbunden bin. Aber beide haben wichtige und hohe Positionen inne. Kaum zu glauben, denn sie sind eigentlich zwei Verrückte, die jede Hysterie im Showgeschäft mitmachen. Pornosüchtige Böcke, die im Monat Tausende Euro nur für ihr Amüsement ausgeben. Ich könnte Bücher mit unseren gemeinsamen Erlebnissen füllen. Doch ich darf nicht.

Diese Aufzählung guter Freunde darf nicht enden, ohne Paul genannt zu haben. Er ist mehr als ein gewöhnlicher Freund für mich. Ein Diener! Ein Sklave! Kurz: Mein aktueller, persönlicher Assistent. Vor langer Zeit hatten Paul und ich eine ebenso heftige wie kurze Affäre. Ich verliebte mich – wie immer – unsterblich. Bei ihm aber reichte es nicht für die große Liebe. Was für mich bedeutet: Ich will ihn nie wieder sehen. Ganz oder gar nicht. Es gibt bei mir keine Kompromisse. Bis er eines Abends im strömenden Regen vor meiner Bar steht. Er ist gekommen, um mir zu gestehen, dass er ohne meine Freundschaft nicht leben kann. Er braucht mich, um glücklich zu sein. Und hat er nicht Recht? Ein Leben ohne Nina Queer ist ein beschissenes Leben. Paul ist der einzige meiner unzähligen Lover, der zum Freund für mich geworden ist. Zum unverzichtbaren Assistenten sowieso. Ein Engel!

# Zum schmutzigen Hobby

Seit sechs Jahren wohne ich mittlerweile in Berlin. Seit vier Jahren mache ich meine Irrenhouse-Party mit großem Erfolg. TV-Projekte wie Frauentausch, Live-Reportagen für Berlinale und CSD, meine eigene Radio-Show bei Energy Berlin und natürlich immer wieder Auftritte auf Promi-Partys und renommierten Kulturveranstaltungen haben mich zu einer bekannten Größe der Stadt gemacht. Und ich habe viel Geld damit verdient. Geblieben ist mir davon allerdings wenig. Zwischenzeitlich sitze ich sogar ganz ohne einen Euro in der Tasche da. Mein Problem ist, dass ich mit Geld nicht umgehen kann. Wenn ich welches habe, gebe ich es aus.

So geht es mir auch mit Lebensmitteln: Vorräte gibt es bei mir nicht. Wenn ich etwas zu essen zu Hause habe, muss es weg. Ich ertrage es nicht, eine ungeöffnete Dose, einen vollen Becher Joghurt oder verpackte Wurst im Kühlschrank zu haben. Deshalb koche ich auch so gerne für Freunde. Indem sie sich von mir einladen lassen und meine Vorräte verzehren, retten sich mich vor der totalen Verfettung. Ich bin ihnen ja so dankbar.

Geld muss fließen. Wenn ich also 5.000 Euro auf meinem Konto habe, kaufe ich mir eine Jacke für 3.000 Euro bei Dior und fahre noch eine Woche in den Urlaub. Am liebsten nach Italien oder Spanien. Auch in London lässt sich wunderbar Geld ausgeben! Befinden sich nur 50 Euro auf dem Konto, tun es auch ein T-Shirt von H&M und ein kleiner Ausflug mit meinen Hunden zum ekelhaften Baggerteich in Buchholz bei Berlin.

Jedenfalls kenne ich mich selbst zu gut, um nicht bereits in meinem zarten Alter zu erkennen, dass ich am Ende meiner

Tage nichts besitzen werde, wenn ich mich nicht anstrenge und Vorsorge treffe. Schnell fliegen die Jahre im Alkohol- und Drogenrausch an einem vorbei. Was bleibt, ist nichts als ein faltiges Gesicht ohne wirkliche Erinnerungen an die wilden Zeiten. Eine Absicherung muss also her.

Als mir dies vor gut zwei Jahren klar wurde, beschloss ich, in meinem Leben etwas besser zu haushalten und mit etwas weniger Geld auszukommen. Aber nur so lange, bis es für eine eigene Bar reicht. Eine eigene kleine Bar. Wer träumt nicht davon?

Nun ist die Zeit der Sparsamkeit um. Ich habe das Geld beisammen. Eine Bar hab ich auch schon und gleich werde ich meinen Mietvertrag unterschreiben. Ein schwuler Immobilienmakler, den ich erst vor einer guten Woche in einem Café kennengelernt habe, hat sie mir aufgetan. Nachdem ich Angaben über meine Einkünfte als Künstlerin gefälscht hatte und Thomas – so heißt der Makler – sie meiner Vermieterin, der guten Frau Reimann vorlegte, brannte diese geradezu darauf, mit mir zum Vertragsabschluss zu kommen.

Langsam öffne ich die schwere Holztür mit Glasfenstern und Münztürgriff in der Rykestraße 45 im noblen Berliner Kollwitz-Kiez. Thomas ist schon da. Wir besichtigen noch einmal den Laden und gehen dann die Unterlagen wieder durch. Bevor ich selbst zur Unterlage werde. Nämlich die von Thomas. Das Angebot, mich kurz zu gebrauchen und so die Maklergebühren von rund 1.000 Euro zu sparen, schlage ich bestimmt nicht aus. Zumal Thomas ein nettes Äußeres hat und auch sonst gut bestückt ist. Ich lasse mich kurz auf einem harten Marmortisch, den der Vormieter zurückgelassen hat, durchknallen. Es sticht zwar hinterher ein bisschen, aber was soll's? Der Vertrag ist unterschrieben.

Als Thomas geht, sagt er noch: „Tut mir leid, dass ich dir den ganzen Rücken vollgewichst habe!"

„Macht doch nichts, war doch cool", entgegne ich mit gespieltem Charme und mache die Tür hinter ihm zu.

Endlich bin ich das erste Mal alleine in meiner Bar. Ich öffne eine Schachtel meiner Lieblingszigaretten und rauche eine. Eine Zigarette, die „die Zigarette danach" und „die Zigarette davor" zugleich ist. Vor all dem, was noch kommen und geschehen wird in dieser Location.

Ich rufe Illi an, um mein Glück und meine Aufregung mit ihr zu teilen. Vor meinen Augen sehe ich die Bar, wie sie zur Eröffnung aussehen wird. Geld für große Umbauten ist nicht mehr da, wenn es überhaupt für etwas Farbe reicht. Die Miete, die Kaution und die Trödel-Möbel, die ich seit Monaten kaufe und bis unter die Decke in meiner Wohnung horte, haben mein Erspartes fast zur Gänze aufgefressen. Den Rest holt sich der Staat. Die Ämter mit ihren Steuern, Auflagen und Genehmigungen – das kostet.

Wenigstens habe ich schon einen Namen für die Bar: Zum schmutzigen Hobby! Auf diese Idee kam ich vor etwa anderthalb Jahren, als ich für den Fernsehsender RTL 2 die Sendung „Mission Traumhaus" drehte. Es gab einige Produzenten, die immer wieder das Set und die Akteure besuchten. Die Namen habe ich alle vergessen. Unwichtige Menschen, die aufgrund ihres Jobs von sich selber glauben, wichtig zu sein. Film- und Fernsehschaffende also?! Oops! Ich gehöre selbst ja auch manchmal dazu! Nein, ich meine die Typen, die sich selbst als „Die Puppenspieler" in der Medienbranche sehen und denken, niemand durchschaue ihr perfides Spiel.

Einer dieser Produzenten war besonders fies. Gut aussehend, groß, mit Glatze. Trainierter Körper mit feinem, männlichem Geruch. Er trug edelsten Zwirn. Auch sein Benehmen war weltmännisch, intelligent und mit großen Gesten gespickt. Doch all diese Eigenschaften und Dinge konnten nicht darüber hinwegtäuschen, dass dieser Mann ein fieses, gemeines und auf jeden Fall perverses Arschloch war.

Beinahe jeder von uns Akteuren am Schauplatz dieser zweifelhaften Sendung konnte es fühlen. Ausgesprochen wurde es freilich von niemandem. Jeder dachte sich aber seinen Teil.

Bis zu dem Tag, an dem der Produzent wieder einmal ein paar blöde Sprüche klopfte, bevor er in seinen BMW stieg und davonbrauste. Willi, ein ehemaliges Model, das sich für Geld nur zu gerne fürs Privatfernsehen prostituierte, blickte kopfschüttelnd in die Menge und sagte: „Der hat bestimmt ein schmutziges Hobby!" Jedem von uns, auch den Mitarbeitern von RTL 2, war klar, dass er Recht hatte. Und der Spruch kam ausgerechnet von Willi, der bis dato nicht als die hellste Kerze im Leuchter galt. Als die Dreharbeiten nach einigen Wochen beendet waren, dachte ich noch oft daran, und Willis witziger Kommentar zauberte mir stets ein Lächeln ins Gesicht.

So kam es also zum Namen meiner Bar. Jahre später erlebt die Bestseller-Autorin Ildikó von Kürthy einen Abend in der Bar, den sie nie wieder vergisst. Einem Kapitel ihres Romans „Höhenrausch" wird sie daraufhin den Titel „Zum schmutzigen Hobby" geben.

Und was mich betrifft, konnte ich natürlich nicht ahnen, was mit dieser Bar noch alles auf mich zukommen sollte.

# Wenn man's hat ...

Die Vorbereitungen für meine Bar Zum schmutzigen Hobby laufen auf Hochtouren. Noch ist alles *top secret*. Einige enge Freunde, aber auch flüchtige Bekannte helfen bei den Renovierungsarbeiten. Ich locke sie mit dem grandiosen Versprechen zukünftiger Freigetränke und mit der Aussicht auf einen Aushilfsjob.

Das liebe Geld macht mir jedoch Sorgen. Ich nehme jeden Job an, den ich bekommen kann, und verkaufe mich auch bei Auftritten weit unter meinem augenblicklichen Marktwert. Es will aber hinten und vorne nicht reichen mit der Finanzierung. Immer wieder tauchen Kosten auf, mit denen ich nicht gerechnet habe. Hier ein Kabel, da ein Lautsprecher. Klebstoffe, Tapeten, Putzmittel und Müllabfuhr – Dinge, die ich allesamt übersehen habe.

Als ich Illi mein Leid klage, ist sie bereit, mir mit 6.000 Euro auszuhelfen. Ich habe mir bis dahin noch nie Geld borgen müssen. Na ja, vielleicht mal einen Hunni oder so. Aber 6.000 Euro – das ist schon eine enorme Summe. Was ist, wenn der Laden nicht läuft. Dann habe ich zusätzlich zu den Mietschulden auch noch Schulden bei Illi. Wie sollte ich es ihr dann zurückzahlen? Doch Illi ist überzeugt von mir und meinen Plänen. Das Geld gibt mir Luft zum Atmen und lässt mir einen gewissen kreativen Spielraum. Iljana unterstützt mich nicht nur finanziell, sondern schaut auch jeden Tag nach ihrer Arbeit in der Anwaltskanzlei in der Bar vorbei. Sie tapeziert, streicht und bringt altes Leergut vom Vormieter weg.

Je näher die Eröffnung der Bar rückt, desto nervöser werde ich. Ich habe wochenlang keine Drogen genommen und keinen Alkohol getrunken. Ich kann es mir nicht mehr leisten. Mehr als vier, fünf Stunden schlafe ich jetzt kaum noch. Ich hab ständig Durchfall und nehme ab. Wenigstens eine gute Nebenerscheinung. So dünn war ich lange nicht.

Die Bar ist fast fertig und so perfekt geworden, wie ich sie am Tag der Vertragsunterzeichnung vor meinem geistigen Auge hatte. Sie ist „träschick", eine Mischung aus trashig und schick. Die Wände sind rot und goldfarben gestrichen und bemalt. Es sieht ein bisschen aus wie in einem Bordell. Gebrochen wird die Ästhetik von breiten beigefarbenen Streifen, die von oben nach unten an einigen Wänden verlaufen. Große Bilder moderner, noch lebender, berühmter Fotografen hängen an den größten Flächen. Eine Aufnahme zeigt eine Frau auf einem Hotelflur der siebziger Jahre, die ihren Kopf in einen Raum steckt, den der Betrachter des Fotos nicht mehr sieht. Stattdessen streckt sie den Besuchern meiner Bar ihre unrasierte Möse entgegen. Neben ihr hängt das Foto einer dicken amerikanischen Touristin im Blumenkleid mit einem Fotoapparat in der Hand. Sie scheint genau zu beobachten, ob einer der hereinkommenden Gäste der jungen Frau im Bild neben ihr auf das Schamhaar starrt. An der Wand gegenüber hängt mein Lieblingsbild – es ist das größte von allen Bildern in meiner Bar. Eine toughe Blondine beim Blasen. Dabei sieht man, wie die Hand des Mannes ihren Kopf nach unten und dicht an seinen Körper drückt. Jedesmal, wenn ich mir dieses Szenario ansehe, beneide ich die Frau. Die Aufnahme ist am unteren Rand exakt so beschnitten, dass die Oberlippe der Frau gerade noch, der Schwanz des Mannes aber nicht mehr zu sehen ist. Trotzdem weiß man sofort, worum es geht. Das Bild ist pornografisch, ohne den sexuellen Akt selbst zu zeigen. Genial.

Auf den Toiletten hab ich mich mit der Gestaltung der Wände nicht so bescheiden zurückgehalten. Pornohefte der achtziger Jahre wurden als Tapete an Wand und Decke zweckentfremdet. Es sieht klasse aus. Wenn man die Bilder aus einiger Entfernung betrachtet, ergeben sie ein herrliches Muster in unterschiedlichen Hauttönen.

Im vorderen Raum der Bar hängen zwei gigantische Discokugeln unter der Decke, ansonsten setze ich auf indirekte, aber quietschbunte Beleuchtung. Im kleineren, hinteren Raum habe ich einen uralten Kristallleuchter vom Flohmarkt installieren lassen. Die Glühbirnen imitieren das Flackern von Kerzen und beleuchten zart die Plastikrahmen, in denen zwei Helden meiner Kindheit porträtiert sind: das Zeichentrick-Kücken Calimero und seine Freundin Priscilla.

Die ganze Bar ist ausgestattet mit Möbeln und billigem Kitsch, der nicht zueinander passt. So sehr nicht zueinander passt, dass es schon wieder ein stimmiges Gesamtkunstwerk ergibt. Ich bin stolz auf meine Freunde und mich. Wir haben alles gegeben und viel geleistet. Es hat sich gelohnt.

Doch einen Haken gibt es immer, und jetzt ist es Zeit, ihn zu entdecken: Die Getränke für meine Bar zu bestellen, wird die letzte Arbeit sein, die ich mache, bevor ich mich vor Eröffnung der Bar drei Tage ausruhen will. Udo hat mir die Telefonnummer eines günstigen Getränkehändlers gegeben. Er rät mir, die Getränke auf Kommission zu bestellen, damit ich nicht gleich bezahlen muss. Von dem Mann am anderen Ende der Leitung erfahre ich, dass dies nicht geht. Nur, wenn man schon Kunde ist und mindestens eine Rechnung bezahlt hat. Jetzt läuft mir der Arsch ganz schön auf Grundeis. Was soll ich jetzt machen? Illi kann ich unmöglich noch einmal wegen Geld fragen. In meiner Not fällt mir nur noch mein Vater ein.

Bei dem habe ich sowieso noch etwas gut. Vor einem halben Jahr hat er sich mit einer kleinen Gastwirtschaft in Gmünd, dem Nachbarstädtchen meines Heimatortes, selbstständig gemacht. Zusammen mit einem Grafiker habe ich ihm ein Logo und einen Flugzettel für „Hansi's Hütte" entworfen, dazu noch Stempel, ein Werbekonzept und eine Speisekarte. Ich bin extra nach Kärnten geflogen, um mir einen Eindruck vom Laden zu verschaffen. Bei den Entwürfen alleine blieb es nicht. Ich war so stolz auf meinen Vater und seinen Weg in die Selbstständigkeit, dass ich in Berlin alles drucken ließ und ihm in einem riesigen Paket schickte. Als Geschenk von mir zu seiner Eröffnung mit den besten Wünschen.

Ich rufe also meinen Vater an, erkläre ihm, dass die Bar fertig ist, ich in drei Tagen eröffne und mir 1.000 Euro für Getränke fehlen. Ich verspreche, ihm das Geld bis Weihnachten zurückzuzahlen. Seine Antwort ist emotionslos und nüchtern. Es interessiere ihn nicht, was ich mache, und wenn ich zu wenig Geld habe, solle ich gefälligst am Imbiss mehr Schichten annehmen. Er scheint gar nicht mitbekommen zu haben, dass ich seit Jahren gar nicht mehr im Imbiss arbeite. Das Telefonat wird zu einer der größten Enttäuschungen meines Lebens. Unweigerlich muss ich daran denken, wie er mich als Kind behandelt hat. Und wieder hilft er mir nicht, sondern lässt mich, seinen Sohn, auf ganzer Linie sitzen.

Illi ist, als ich ihr davon berichte, schwer betroffen und berührt. Sie öffnet ihr Herz und glücklicher Weise auch ihr Portemonnaie. Noch einmal macht sie Geld für mich locker und hat nun selbst nichts mehr auf dem Konto. Bereits in zwei Monaten wird sie ihr ganzes Geld von mir zurückbekommen haben. Ohne Illi wäre mein Traum von der eigenen Bar so kurz vor dem Ziel gescheitert.

# Das fängt ja gut an

Mein Team und ich beschließen, ein kleines Pre-Opening zu machen. Über meinen E-Mail-Verteiler schicke ich einen Rundbrief. Presse, Promis und Freunde sollen bereits einen Tag vor der offiziellen Eröffnung einen exklusiven Blick in die Bar werfen dürfen. Der Andrang ist riesig und ich verkaufe fast meinen gesamten Getränkebestand.

Unzählige Interviews habe ich in den letzten Wochen und Tagen gegeben. Beinahe alle Zeitungen und Magazine der Stadt berichten über die bevorstehende Eröffnung meiner Bar. Nach dem Frühstück am Morgen des großen Tages eile ich zum Zeitungstand und kaufe von jeder Gazette zwei Exemplare. In meiner Wohnung breite ich sie großzügig vor mir aus. Ich wühle mich durch den Blätterwald und bin nahezu überwältigt. Die Berliner Medienlandschaft feiert die Discoqueen Nina Queer nun als kesse Geschäftsfrau. Als eine Persönlichkeit, die sich vom belachten Partygirl emporgearbeitet hat und die man nun ernst nimmt. Fanden sich bislang mein Name und, wenn überhaupt, nur kleine Bildchen von mir in den Klatschspalten, bei TV- oder Veranstaltungstipps, so widmet man mir jetzt lange Artikel mit großen Fotos.

Es ist der erste Freitag im Juni 2005, ich bin 25 Jahre alt. Ich denke an die letzten Jahre zurück, daran, wie sich meine Karriere trotz aller Widrigkeiten entwickelt hat. Ich rufe mir den gestrigen Abend und das Lob der Gäste in Erinnerung. Meine erste eigene Bar. Was wird als Nächstes kommen? Mein Ego steigt in noch nie erforschte Höhen.

Bei der offiziellen Eröffnung geht es dann auch richtig zur Sache! Hunderte Gäste stürmen die etwa 90 Quadratmeter große Bar. Überall blitzen Fotoapparate auf. Interviews werden gemacht. Regionale TV-Sender bringen mit ihren riesigen Kameras zusätzlichen Glamour. Prominente mischen sich unter die Menge. Schauspieler, Sänger, Buchautoren, Kleinkünstler, Transen-Kolleginnen prägen das Bild in der Bar und auf der großzügigen Terrasse davor.

Das Werk ist vollbracht. Die Anspannung von Monaten fällt von mir ab. Die letzten Wochen und Tage waren die Hölle, und dies alles nun sehen zu dürfen, erfüllt mein Herz mit Stolz. Nun überkommt mich das Gefühl, das ich sonst nur von meinen Irrenhouse-Partys kenne. Das Gefühl, unbedingt für meine Gäste da sein zu wollen. Ihnen all ihre kleinen Geschichten und Schicksale zu entlocken, um mir und ihnen damit eine eigene, bunte Welt zusammenzubauen. Ich liebe Menschen und ihre Dramen, Freuden und Verrücktheiten. Sie sind meine Inspiration!

Obwohl ich ein dunkelrotes Gucci-Kleid trage und fabelhaft aussehe, reicht meine Energie höchstens für kleine Flirts. An Sex ist in dem Ausnahmezustand einer Eröffnung nicht zu denken. Dennoch erlebe ich einen erotischen Höhepunkt: Ein LKW hält vor meiner Bar und meine engsten Freunde laden eine Art Flipperautomat ab. Es ist ein „Blas-O-Mat“! Er sieht aus wie ein klassisches Flipper-Gerät, jedoch befindet sich links neben dem Geldeinwurfschlitz ein Loch. Ein sogenanntes „Glory Hole“. Unter der eigentlichen Spielfläche befindet sich ein Verschlag, in den man sich hineinsetzen oder besser hineinknien kann. So ist es möglich, dass ein Gast vortäuscht, eine harmlose Partie Flipper zu spielen, während er sich in Wirklichkeit von der Person in dem Verschlag einen blasen lässt. Eine Spezialanfertigung! Es ist das schönste Geschenk, das ich jemals bekommen habe. Ich habe Tränen in den Augen.

# Hätten Sie's gewusst?

Als Betreiber einer Entertainment-Bar kann man sich nicht darauf verlassen, dass eine kreative, amüsiersüchtige oder zeigefreudige Kundschaft ständig für Unterhaltung sorgt. Also gibt es an vier von sieben Wochentagen ein von mir vorgegebenes Festprogramm. Jeden Montag etwa „Barbarella", eine Sechziger-Jahre-Party mit Live-DJ. Donnerstags findet immer die Schlagerbox statt. Der alte Mann, der an diesem Abend Originalplatten aus drei Jahrzehnten auflegt, nennt sich selbst „Doris Disse"! Jeden Freitag biete ich wechselnde DJs an. Manchmal sind es Dragqueens, die bei mir auflegen, oft aber ganz normale und doch süße Jungs. In so einem Fall hört das Auge schließlich mit. Sonntags ist dann „Tatort" auf großer Leinwand angesagt. Persönlich finde ich die Sendung altmodisch, verstaubt und total langweilig, dennoch hat der allsonntägliche Krimi seine Fans. Die Bar ist immer gut gefüllt zum Wochenausklang. Besonders beliebt sind die Tatorte mit Ulrike Folkerts. Dann bekommt man im Hobby kaum noch einen Platz.

Das Highlight der Hobby-Woche bildet aber immer der Mittwoch. Dann moderiere ich das mittlerweile legendäre „Glamourquiz". Ich verteile Zettel und Stifte für eine Mitmachgebühr von 50 Cent pro Person. Dieses Geld ergibt hinterher mit einer Flasche Billigchampagner von Aldi und diversen Sachpreisen den Hauptgewinn. Zwanzig Fragen aus der Promi- und Glitzerwelt stelle ich dem Publikum. Für jede Frage gibt es eine Minute Zeit, um die richtige Antwort zu finden. Die Hauptinformationsquellen sind die aktuelle *Bild*, die *Gala* und das RTL-Magazin *Exklusiv* vom selben Tag. Hauptsächlich Hetero-Frauen und Schwule streiten sich jeden Mittwochabend um einen freien Sitz- oder Stehplatz. Die Bar ist immer überfüllt.

Viele Gäste kommen jedoch nicht nur zum Quizzen in die Bar. Zum Kult sind meine Comedy-Einlagen, Witze, Kurzgeschichten und vor allem die wüsten Publikumsbeschimpfungen geworden. Dabei halte ich mich nicht an Konventionen. Die ganze Show ist politisch vollkommen inkorrekt. Alle werden beschimpft. Jeder ist mal dran. Ich spreche Frauen mit schlechten Frisuren das Recht auf ein würdiges Leben ab. Schlage Leute, die sich unterhalten, während ich moderiere, und weise auf den stechenden Fischgeruch hin, wenn an heißen Sommerabenden Lesben zu Gast sind. Ich rede tuntige Schwule mit „Junges Fräulein" an und bediene jedes Vorurteil gegen Menschen aus anderen Nationen und Glaubensrichtungen. Nicht selten kommt es vor, dass dicke Frauen weinend den Laden verlassen, nachdem ich ihnen immer und immer wieder den zu häufigen Genuss von süßem Sirup vorgeworfen habe. Dann sage ich: „Ich kann deine UPA von der letzten Reihe bis hier auf die Bühne sehen!" UPA heißt übrigens „Upper Pussy Area". Bei ganz fetten Ladys benutze ich das Wort FUPA – „Fat Upper Pussy Area". Bei dicken Männern kann das P auch für Penis stehen.

Sehr schlanke Gäste werden zu Bulimiefällen, hässliche Menschen zum Ergebnis jahrelanger Inzucht und so weiter und so fort. Viele Gäste kommen nie wieder oder beschimpfen mich auch schon mal als Nazi-Nina. Die Gäste jedoch, die über genug Bildung verfügen, um wirklich schwarzen Humor zu begreifen und zu verstehen, bleiben mir als Stammgäste treu. Der Erfolg gibt mir Recht.

Ich kann auch gut einstecken. Viele der Witze mache ich ohnedies über mich selbst und viele Geschichten, die ich auf meiner zwei Quadratmeter großen Bühne zum Besten gebe, betreffen meine persönlichen, privaten Abgründe. Wer über andere lachen kann, muss auch über sich selbst lachen können. Finde ich.

# Der gefakte Popstar

Zu meiner Zeit als Callboy in Österreich gab es einen Mann, der mir vom Freier zum Freund wurde. Sein Name war Werner. Ich war 18, er 48, vielleicht auch älter. Er war ein kleiner, alles andere als gut aussehender Mann, der durchaus über Charme und eine kosmopolitische Haltung verfügte. Er war ein überaus erfolgreicher Geschäftsmann, allerdings um den Preis, dass er sein Schwulsein verbergen musste. Wir verstanden uns gut und schätzten uns sehr. Jedes Mal, wenn er mich buchte, schoben wir schnell eine Nummer, um uns den Rest der bezahlten Zeit zu unterhalten. Oft drei oder vier Stunden lang.

Er war der einzige meiner Kunden, der in mir mehr Potenzial gesehen hat als das eines Strichers. Werner war schon damals überzeugt, ich müsse unbedingt ein Popstar werden.

Zum Spaß schrieb ich einen Text, den ich ihm bei unserem nächsten Date, nach dem Fick, unter die Nase hielt. Sein Sperma lief mir noch die Oberschenkel hinunter, als ich zu singen begann. War es meine Stimme? War es der provokante Text? Werner war begeistert. Binnen kurzem machte er ein Produzenten-Team in Kärnten ausfindig, das meinen Hip-Hop-Song vertonen sollte. So entstand eine Single mit dem Titel – wie sollte es auch anders sein – „Sex". Da es allerdings Ende der neunziger Jahre vermutlich kein Wort gab, das outer war als Sex, wurde die Single, trotz einer großen Radio-PR-Tour, ein gigantischer Flop. Werners gutes Geld. Einfach so zum Fenster hinausgeworfen: Damals glaubte ich meine Karriere als Sänger ein für alle Mal begraben zu haben.

Jetzt in Berlin, wo ich sexy, reich und berühmt bin, will ich es erneut probieren. Nicht, weil ich denke, gesanglich besser geworden zu sein. Nein, bestimmt nicht. Aber scheinbar ist es meinen Fans nicht mehr genug, mich im Fernsehen zu sehen und in Magazinen über mich zu lesen. Immer wieder werde ich gefragt, ob es nicht eine CD mit meiner Stimme gebe oder wenigstens als Download für den MP3-Player. Bei einem Urlaub in Barcelona mit DJ Divinity, einem Resident-DJ meiner Irrenhouse-Party, spreche ich das Projekt unverblümt an. Divinity ist ein großartiger Musiker, der bereits als Produzent für Künstler wie Rosenstolz, MIA oder 2raumwohnung gearbeitet hat. Menschlich etwas verwegen, mitunter merkwürdig, aber ein Kumpeltyp. Ein echter Künstler also. Ein bisschen wie Helge Schneider. Nur ohne Humor und jünger.

Ich schlage ihm vor, eine Coverversion von Reinhard Fendrichs Lied „Haben Sie Wien schon bei Nacht gesehen?" einzusingen. Die Idee dazu kam mir bei meinem letzten Österreich-Urlaub. Nur dass der Song bei mir natürlich „Haben Sie mich schon mal nackt gesehen?" heißen soll. Das Ganze muss ja schon zu einem Transen-Star passen.

Zurück in Berlin nehmen wir den Song in seinem Studio auf. Wir veröffentlichen das Bonbon für all die Nina-Verrückten und die Divinity-Fans kostenlos auf der Internetseite MySpace und auf unserer eigenen Homepage. Für Freunde lassen wir den Song als Geschenk auf CD brennen. Die kopieren die CD und verschenken den Song so an ihre Freunde weiter. Das Lied wird – zumindest in Berlin, Leipzig und Dresden – ein richtiger Klubhit. Obwohl wir nur diesen einen Titel haben, bin ich plötzlich ständig mit DJ Divinity auf Tour. Er spielt zwei Stunden lang sein DJ-Set, als Höhepunkt betrete ich die Bühne und singe „Haben Sie mich schon mal nackt gesehen?" Schon verlangt das Partyvolk nach mehr.

Divinity und ich fahren erneut in Urlaub, um in Ruhe gemeinsam zu texten und komponieren. So entstehen vier nagelneue Songs. Die Tracks haben Titel wie „Leck mich verrückt",

„Irrenhaus“ oder „Schwer“. Auf der EP befindet sich auch eine erste Version des Songs, der mich Jahre später in den Pop-Himmel tragen wird: „Ficki Ficki Aua Aua“.

Unsere Fans sind verrückt danach. Eine Plattenfirma will uns aber nicht. Ein Song mit solch einem Text, dazu noch von einer Transe gesungen – „Nicht vermarktbar!“, heißt es. Wir drucken 2.500 Stück der EP auf eigene Kosten. In nur einem Monat haben wir sie alle verkauft.

Zwei Jahre später, im März 2009, erscheint ein komplettes Album von DJ Divinity und mir mit dem Titel „Discopony“. Dreizehn neue Songs und eine neue Version von „Ficki Ficki Aua Aua“, die etwas schmissiger ist als die alte. Dieses Mal haben wir ein Label und eine Booking-Agentur als Partner. „Discopony“ wird auch in Online-Shops weltweit angeboten. Zu „Ficki Ficki Aua Aua“ veröffentlichten wir ein schräges Video. Immerhin schaffe ich es mit dem Titel bis in eine Show mit Verona Pooth auf Pro7. Vor laufender Kamera zieht mir mein Künstler-Freund Kay eine drei Meter lange Wimpel-Girlande aus der Gummi-Muschi und entblößt anschließend eine meiner Silikon-Titten. Nach diesem Auftritt ist die Welt für mich eine andere.

Die Verkaufszahlen schnellen nach oben. Es folgen Tourneen quer durch Deutschland, Österreich und die Schweiz. Im Tourbus oder im Flugzeug schreibe ich bereits an neuen Songs. Komisch – ich kann nicht singen, verfüge über keinerlei Taktgefühl und wollte nie wieder eine Platte aufnehmen. Trotzdem bin ich plötzlich auch im Musikbusiness erfolgreich. Jeder untalentierte Trottel kann zum Star werden. Wenn er es nur will. Davon bin ich überzeugt.

# Hansi und Ulrike Queer

Meine Mutter ruft an und bittet mich, Flüge und ein Hotel zu buchen. Einfach so. Ich kann es gar nicht glauben. Nach zehn Jahren des Boykotts meines Lebens, meiner Kunst und der Stadt, in der ich lebe, wollen meine Eltern mich besuchen. Hansi und Ulrike Queer!

Als ich vor etwa sieben Jahren, an Heiligabend, von meinem Vater gefragt wurde, wie denn meine exakte Berufsbezeichnung lautet, und ich entgegnete: „Entertainerin und Showgirl", schien mir klar, dass er nie nach Berlin kommen würde. Die Zeiten ändern sich. Gefühlte hundert TV-Auftritte, eine eigene Bar und eine eigene Radioshow später will man doch mal nachschauen. Oder haben die Gäste im Lokal meiner Eltern in Malta einfach zu viele Fragen gestellt, die nach Antworten verlangen?

Ich freue mich riesig über ihr plötzliches Interesse, habe aber auch ernsthafte Bedenken, ob das Leben in einer Weltmetropole nicht etwas zu heftig für meine Eltern sein könnte. Selbst ich brauchte Zeit, mich an die Stadt zu gewöhnen.

Mit meinem kleinen Auto – die Firma kann ich mir auch nach Jahren nicht merken, die Farbe des Autos ist blau, das muss reichen – hole ich meine Eltern am Flughafen Tegel ab. Ich sehe sie hinter einem Glasfenster auf ihr Gepäck warten. Als sie endlich die Ankunftshalle betreten und wir uns freudig umarmen, sind sie mehr als entspannt. Es war immerhin der erste Flug ihres Lebens. Etwas mehr Hysterie wäre durchaus angebracht. Vor lauter Verwirrung darüber, wie cool meine Eltern plötzlich sind, verfahre ich mich auf der schon hundert Mal von mir gefahrenen Strecke in den Prenzlauer Berg. Ich ärgere mich darüber. Papa und Mutti amüsieren sich köstlich.

Zu Hause angekommen, zeige ich ihnen meine Wohnung. Meine Hunde kennen sie ja schon, weil ich sie bei einem Urlaub in Österreich mitgenommen hatte. Alle Zimmer werden eingehend begutachtet und mit einem „Schön“ und „Gemütlich“ bewertet. Für meine Designermöbel und die Doppelschicht der Putzfrau hätte ich mir ein „Sensationell“ oder „Geil“ gewünscht.

Iljana ist im Urlaub in Rumänien und hat mir freundlicherweise ihre Wohnung für Hansi und Ulrike zur Verfügung gestellt. Für genau null Euro. Meine Eltern sind hellauf begeistert. Dass Illis Wohnung eine Etage unter meiner eigenen liegt, kommt mir sehr gelegen. So hab ich meine Eltern nicht in meiner Wohnung, aber gut unter Kontrolle.

Die kommenden Tage ziehe ich ein strammes Programm durch, bestehend aus Touristenattraktionen und meiner eigenen Arbeit. Wobei meine „Arbeit“ für meine Eltern natürlich auch in die Rubrik „Touristenattraktion“ gehört. Emsig schauen sie sich alles mit mir an und sind Abend für Abend dabei, wenn ich auf der Bühne stehe und das Glamourquiz moderiere, Theater spiele oder als DJane Platten auflege. Sie begleiten mich zum Interview-Termin für einen Radiosender und schauen bei einem Fotoshooting für ein großes Berliner Stadtmagazin zu. Immer mit dem nötigen und respektablen Abstand, aber auch in stiller Bewunderung, die ich sehr wohl wahrnehme und die mir gut tut.

Meine Kostüme und Kleider sind elegant bis ordinär. Meine Sprüche stets derb und immer etwas *over the top*. Als hätten sie nie etwas anderes gesehen, lächeln meine Eltern in jeder Situation und wohnen den schrägen Momenten sichtlich gerne bei. Selbst als ich bei einem Open Air, das ich in einer Strandbar veranstalte, total breit und zugekokst neben ihnen sitze und meine Gesichtsdisco – Gesichtszuckungen und Mimik-Entgleisungen – in voller Fahrt ist, behandeln sie mich anständig und taktvoll.

Nachdem ich die Flüge für meine Eltern gebucht hatte, habe ich lange überlegt, wie sie wohl auf mein Leben und meine Welt reagieren würden. Was ich ihnen zumuten kann und was nicht. Selbstbewusst und frei nach dem Motto „Dafür habe ich nicht gekämpft", kam ich zu dem Schluss, sie mit nichts und niemandem zu verschonen. „So bin ich eben", sagte ich mehrmals laut zu mir selbst, die Antwort auf ihr mögliches Nörgeln probend. Bei jeder kleinsten Beleidigung, so schwor ich mir, würde ich sie alleine lassen und mich nicht mehr um sie kümmern.

Doch ich warte vergebens auf Geschehnisse dieser Art. Ganz im Gegenteil. Als ich auf einer meiner Partys gegen zwei Uhr morgens voll wie ein Eimer meinen Eltern in die Arme laufe, sagt meine Mutter zu mir: „Nina, wir sind müde und gehen jetzt mal nach Hause. Schlaf morgen erst mal deinen Rausch aus. Wir kümmern uns um die Hunde. Klingle einfach, wenn du wach bist!"

Auf den Schock angesichts solch fürsorglichen Verständnisses brauche ich erst einmal einen doppelten Wodka, eine Linie und einen Schwanz. Letzteres lässt sich nur noch halb verwirklichen, da der Typ, den ich mir kralle, noch besoffener ist als ich und keinen mehr hochbekommt.

In einer ganzen Woche finden meine Eltern keinen Stein des Anstoßes. Es gefällt ihnen alles außerordentlich gut. Außer das Essen beim Vietnamesen. Das sei ihnen wirklich verziehen. Sie sind nicht ein einziges Mal negativ aufgefallen und haben sich auch nicht vor Freunden oder Gästen blamiert. Ich bin begeistert und stolz auf meine Eltern. Sie haben gesehen, dass eine gefragte Entertainerin zu sein, harte Arbeit bedeutet. Showgirl und erfolgreicher Unternehmer schließen sich nicht aus. Ich wiederum habe gelernt, dass Ulrike und Hansi nicht die ahnungslosen Tölpel vom Land sind, für die ich sie die letzten zwanzig Jahre irrtümlich gehalten habe. Wir haben voneinander und miteinander gelernt. Ich hoffe, sie besuchen mich recht bald wieder in Berlin.

# Absturz

Es ist ein erfolgreicher Mittwochabend in meiner Bar. Mein Glamourquiz habe ich hinter mich gebracht, jetzt mische ich mich unter die Gäste und hole mir die Bestätigung, wie toll ich wieder einmal war. Es ist eine lauwarme Sommernacht und die Quizteilnehmer chillen auf der Terrasse in den gemütlichen Gartenmöbeln. Ein Sekt nach dem anderen kühlt meinen aufgeheizten Körper. Der Alkohol zeigt seine Wirkung. Komisch, dass man mit dem Alter nicht resistent dagegen wird. Ganz im Gegenteil: Je älter man wird, desto schlimmer schlägt es ein.

Wenn man ein Baby ist, ist man unbeholfen, auf andere angewiesen und scheißt sich ständig selbst ein. Als alter Greis wird man mit hoher Wahrscheinlichkeit in genau diesen Zustand wieder zurückversetzt. Nur einen kurzen Teil seines Lebens ist man jung und schön und erlebt sich auf dem Höhepunkt seiner körperlichen und geistigen Leistung. Von dieser Zeit müssen wir noch einmal die Hälfte abziehen, dann erhalten wir die Zeit, die uns bleibt, um uns unbegrenzt betrinken zu können und dies zu überleben.

Mein Zustand erlaubt es nicht, jetzt nach Hause zu fahren und schlafen zu gehen. Mit einer Truppe ausgehfreudiger, junger Männer ziehe ich weiter in einen schlimmen Indie-Klub. Dass diese Indie-Hysterie sich so lange hält? Berlin kann manchmal so verstaubt sein. Die Blase hätte längst platzen müssen. Das soll jetzt aber nicht mein Problem sein.

Im Klub wird auf den Toiletten im Keller erst mal anständig der Nasenstaubsauger angeworfen. Mehr Alkohol. Noch mehr Koks. Bis auch der letzte keine Vorräte des weißen Pulvers mehr hat. Beim besten Willen erinnere ich mich nicht mehr, wer die Idee hatte, in die Wohnung dieses Schauspielers zu fahren.

Den Namen des Kino-Stars hier zu nennen, bei dem wir uns nun aufhalten, wäre sicherlich ein großer Fehler. Nur so viel: Ich habe vor wenigen Tagen in den Zeitungen gelesen, dass er sein erstes Kind mit seiner festen Freundin erwartet. Wenn das die Öffentlichkeit wüsste. Und die Freundin erst! Einer der erfolgreichsten, deutschen Jungschauspieler überhaupt. Ein Skandal. Augenblicklich schiebt er aber gerade einen Dreier mit meinem Bekannten Robert und dessen festem Freund. Die Welt verwirrt mich manchmal ganz schön.

Auf dem Ceranfeld in der offenen Küche seines 150 Quadratmeter großen Apartments liegen mindestens zehn Briefchen gefüllt mit Kokain. Als alter Hase im Nachtleben ist man ja einiges gewohnt, aber so viel von dem Zeug sieht man selten auf einem Haufen. An die Arbeit. Schüttschütt, hackhack, schon habe ich üppig von dem Schnee zurechtgemacht und serviere ins Wohnzimmer. Zuerst lade ich einen Haufen an dem Tisch ab, an dem alle sitzen, trinken und diskutieren. Dann geh ich mit dem Silbertablett und einem gerollten 50-Euro-Schein weiter zur lustigen Dreierkonstellation, die es, unbeachtet von den anderen, auf einem hellen Ledersofa am Ende des Raumes treibt. Im Rahmen meiner Tätigkeit als Kolumnistin würde ich im Normalfall einen kleinen Blick auf das Gemächt des berühmten Schauspielers riskieren. Voll wie ich aber schon bin, interessiert es mich nicht die Bohne. Wie ich so etwas im Nachhinein bereue, kann sich niemand vorstellen.

Eine klassische Absturz-After-Hour: Es ist drei Uhr am Nachmittag und die Sonne brennt durch die Fenster. Viele sind schon nach Hause gegangen, der harte Kern ist noch eifrig bei der Sache. Ich wie immer mittendrin. Ich knete schon seit einer halben Stunde die Nudel in der Unterhose eines 18-Jährigen. Doch sie wird und wird nicht hart. Also fahre ich mit einem Taxi nach Hause. Meinen Wecker stelle ich auf 18 Uhr. Hoffentlich werde ich wach. Um 20 Uhr bin ich die Reiseleiterin beim „Kli-Kla-Klawitterbus", einer schrillen Busfahrt durch Berliner Kneipen und Filmschauplätze, die ich mit einem Freund mehrmals im Jahr veranstalte.

Nach zwei Stunden Schlaf schaffe ich es gerade noch pünktlich. Aufgebrezelt wie eine Stewardess besteige ich den 60-Sitzer. Ausverkauft bis zum letzten Platz. Ein Sekt, ein Jägermeister und schon befinde ich mich im gleichen Zustand wie gestern um Mitternacht. Als letzter Teilnehmer besteigt Uwe den Bus. Mit ihm bin ich seit etwa sechs Wochen fest zusammen. Er ist 37, superhübsch, superschlau und supersexy. Er verdient mehr Geld als ich, was schon mal ausschließt, dass er es auf meine Kohle abgesehen hat. Falls er hinter meinem Glamour her sein sollte, kann er ihn gerne haben. Seine blauen Augen und seine muskulöse, männliche Statur lassen meinen Intimbereich jedes Mal freudig zucken, wenn ich ihn sehe. Seine liebe Art erwärmt mein Herz. Es fällt mir nie schwer, „Ich liebe dich" zu ihm zu sagen.

Das Licht geht aus – der Bus fährt ab. Dank der angebotenen Getränke an Bord bin ich nicht die einzige Besoffene. Ein Kamerateam von Spiegel-TV ist auch dabei. Man dreht einen Beitrag über „Das schrille Berliner Nachtleben". Immer wenn die Kamera gerade woandershin schwenkt, zweckentfremden viele der Mitreisenden die Fressbrettchen zum Herunterklappen. Wo sonst Rentner ihren Tee abstellen, wird jetzt Koks gehackt. Bin ich denn nur von Süchtigen umgeben? Nein. Das ist das ganz normale, schrille Berlin. Das Berlin, wie man es in jeder Eckkneipe jede Nacht erleben kann. Nach zehn Jahren entfleucht mir da sogar ein leises: Langweilig!

Vorbei geht es an Häusern und Denkmälern. Ich täusche vor, ein absoluter Insider zu sein, und lüge den Touristen und Szene-Hipstern vor, was das Zeug hält. Da wurde dieser Film gedreht, da wohnte jene Schauspielerin, dort ist der und der gestorben und das war die Lieblingskneipe von dem. Was mir gerade so einfällt. Nur wenigen Kundigen fallen meine billigen, erlogenen Geschichten auf. Sie sind es, die den wahren Charakter dieser Busfahrt mitbekommen, und lieben die skurrile Tour deshalb ganz besonders.

Am Großen Stern, zwischen Promi-Dönerbude und der Lieblingsboutique von Hildegard Knef, verliere ich mich selbst im Rausch der gestrigen und heutigen Nacht. Ich kann nicht mehr. Bei mir gehen alle Lichter aus. Angeblich soll ich die Busfahrt bis zum bitteren Ende geleitet und moderiert haben. Ich habe keine Erinnerung mehr. Null! Nichts. Gar nichts. Stille.

Ich erwache in meiner Wohnung. Ist denn schon Freitag? Heute ist mein Geburtstag! Ich bin dem sich anscheißenden Greis wieder etwas näher gekommen. Nicht so schlimm, denn ich hab ja Uwe. Der hat sich was ganz Besonderes einfallen lassen und führt mich ganz groß aus. Im KaDeWe darf ich mir ein Geschenk aussuchen. Egal was. Ist das nicht toll? Aber wo ist Uwe überhaupt?

Ich krieche aus dem Bett. Ach, du meine Güte! In meine Wohnung muss eingebrochen worden sein. Alles liegt durcheinander am Boden. Meine Hunde machen einen verstörten Eindruck. Erstaunlicherweise sind mein Computer, mein Geld und meine Elektrogeräte noch da. Was denn jetzt? Ich rufe Uwe an. Er will mich unbedingt treffen und mit mir reden. War er noch bei mir? Hatten wir Streit? Ich erinnere mich nicht. Das Blackout lässt nicht den kleinsten Blick in die vergangenen Stunden zu.

Bei einem Nobel-Thai in Berlin-Mitte sitzen wir uns gegenüber und sehen uns in die Augen. Uwe erzählt, dass er mich gestern Nacht nach Hause gebracht hat. Sturzbetrunken wollte ich noch mit ihm vögeln, obwohl ich es motorisch nicht mehr auf die Reihe bekommen habe. Immer und immer wieder habe ich ihn aufgefordert, es mit mir zu tun. Ansonsten würde ich ihn verlassen. Als er schließlich gehen wollte, warf ich mit allem, was ich in die Finger bekommen konnte, nach ihm. Er trug mehrere Verletzungen davon. Ich trat und bespuckte ihn. Ich soll ihn mit so vielen schmutzigen Worten beschimpft haben, dass er 80 Prozent davon noch gar nicht kannte.

Ich kann es nicht glauben! Völlig entsetzt sitze ich da wie ein Trottel. Ich kann mich an nichts erinnern und weiß doch im Innersten, dass ich so etwas durchaus getan haben könnte. Doch warum? Ich weiß es nicht. Ich kann nur hoffen, dass das Leben selbst mir eines Tages die Antwort dafür gibt.

Uwes Augen sehen traurig aus. Gestern wollte er noch mit mir in eine gemeinsame Wohnung ziehen. Heute sagt er, dass er nicht mit mir zusammen sein kann. Er bietet mir die Freundschaft an. Mit jemandem nur befreundet zu sein, den ich liebe, ist für mich unmöglich.

Wir sehen und hören uns nie wieder.

# Champagner und Durchfall

Die Geschichte mit Uwe ist aber nur eine von vielen dieser Art. Die völligen Blackouts sind eher die Ausnahme. Wenn sie sich jedoch ereignen, dann immer heftig. So heftig, dass ich mir wünsche, sie wären nie geschehen. Wie sehr ich mich dann für mich selbst schäme, ist kaum in Worte zu fassen. Am liebsten würde ich dann auf der Stelle sterben. Dann trickse ich mich so schnell wie möglich psychologisch selbst aus. Versuche, Großes zu leisten, um wieder auf mich selbst stolz sein und über meine eigene Schmach hinwegsehen zu können.

Meistens gelingt das auch, je nachdem, wie intensiv die Blamage vor mir selbst und dem Rest der Welt war. Zwei Beispiele stoßen mir aber immer noch sauer auf, wenn ich an sie denke.

Einen Sommer lang bin ich der weibliche Conferencier in der Spielbank am Potsdamer Platz. Mit meinen neckischen Moderationen verbinde ich die einzelnen Nummern in einem Erotik-Ballett. Acht Shows sind pro Woche angesetzt, montags ist frei, freitags und samstags gibt es zwei pro Abend. Zusätzlich finden Auftritte außerhalb des Theaters statt, meist um unsere Show zu bewerben und bekannter zu machen. So wie an jenem wunderschönen Augustabend, an dem die Lichter auf unserer ständigen Showbühne aus bleiben und wir unter blauem Sternenhimmel auftreten. Getragen von der warmen, schwülen Luft einer Berliner Nacht.

Zwanzig Profi-Tänzerinnen mit ihren feinen Körpern, die unter den gnadenlos umgesetzten Sexfantasien des Regisseurs zu billigen Stripperinnen verkommen sind. Und ich natürlich. Wir stehen mitten in Berlin. Direkt an der Hauswand des Roten Rathauses am Alexanderplatz. Das Casino, das uns beschäftigt, hat auf dem derzeit stattfindenden „Gauklerfest" mehrere Stände, Bars und eine hübsche Bühne gemietet. Auf dieser müssen wir nun alle zwei Stunden für zehn Minuten auftreten. Die beiden ersten Auftritte und Moderationen absolviere ich mit Bravour.

Leider gibt es zwischen den Auftritten an den Bars kostenlose, alkoholische Getränke für die auftretenden Künstler. Während meine reizenden Kolleginnen – „Die Tittenmädchen" oder „Strapsmäuse", wie ich sie nenne – professionell genug sind, gar nichts oder nur geringe Mengen zu trinken, bekomme ich meinen Gierschlund wieder nicht voll genug. Champagner um Champagner tröpfelt in mein erlesenes wie verblasenes Kehlchen. Und so ergeht es mir wie dem kleinen Bächlein, das zu einem reißenden Fluss werden kann, wenn es zu viele Tage hindurch geregnet hat. Mein Rachen, der eben noch an ein zierliches Damenmündchen erinnerte, hat nun die Schleusen weit geöffnet und wahre Sturzfluten des französischen Edelgesöffs verschwinden in mir. Bereits zum dritten Auftritt lässt man mich nicht mehr auf die Bühne. Das Weitertrinken verbietet man mir jedoch nicht. Man überlässt die betrunkene Transe sich selbst und bemüht sich, die Bühnenübergänge halbwegs reibungslos auch ohne Zwischenmoderationen hinzubekommen.

Derweil unterhalte ich mich, von der Schmach und Verachtung meiner Kollegen und meines Chefs nichts mitbekommend, mit einer Horde Touristen beim Roulette, lasse mir immer wieder Plastik-Jetons von dicken Männern, die genauso besoffen sind wie ich, in meine Plastikbrüste stecken und fasse ihnen von Zeit zu Zeit an die Genitalien – unterm Tisch, vermeintlich ganz geheim. Die stickige Nacht, das stickige Zelt und der Umstand, kein Abendessen zu mir genommen zu haben, beschleunigen den Champagnerrausch. Ein Typ, dessen Attraktivität auf einer Skala von 1 bis 10 auf einer 8 einzustufen ist, bietet mir 50 Euro für einen Blowjob. Eins bedeutet übrigens sehr hübsch. Zehn bedeutet grottenhässlich.

Der Alkohol treibt es rein. Zumindest treibt es sein Geschlechtsorgan in meinen Mund. Jäh breche ich aber unser sexuelles Arrangement ab, denn eine merkwürdige Knusperkruste auf seiner Eichel ruft Ekel in mir hervor. Und wenn ich so etwas in diesem Zustand noch merke, kann man sich vorstellen, dass die Situation äußerst pikant ist. Der fette Alte will sein Geld zurück. Für das Buffet, das er mir gerade angeboten hat, sollte er lieber 50 Euro drauflegen. Da ich aber kein Unmensch bin, werfe ich ihm den Fuffi vor die Füße, auf den Boden des vollgepissten, mobilen Toilettenwagens, in dem das unhygienische Geschäft zustande kommen sollte. Dann stöckele ich in eitelster Divenmanier davon.

Nach zwei, drei weiteren Gläsern Champagner finde ich mich in Begleitung der vom Casinobetreiber angeheuerten Sicherheitskräfte wieder. An den Fahrgeschäften vorbei geht es hinaus an die Straße. Mein Bewusstsein verabschiedet sich in diesem Augenblick von mir. Mein Körper aber macht weiter. Was nun folgt, kann ich nur noch aufgrund von Erzählungen rekonstruieren. Mein Körper setzt sich in ein Taxi und mein Mund schafft es, dem Taxifahrer die Adresse meiner Bar zu geben und per Handy beim Drogendealer vier Gramm Koks zu bestellen. Es lebe die Kurzwahltaste.

An meiner Bar angekommen, stolpere ich über die pinkfarbenen Kunststoffstühle auf der Terrasse durch das offene Fenster ins Lokal, mitten hinein in eine illustre Runde junger Gäste. Natürlich nicht, ohne noch einen übergroßen Kerzenständer mitzunehmen und mich und die Gäste mit heißem Wachs zu übergießen. Mein Geschäftsführer greift ein, setzt meinen Körper in ein Taxi und schickt den soeben angekommenen Dealer wieder nach Hause.

Die Wachsverbrennungen tun am nächsten Tag zwar nicht mehr weh, zu sehen sind sie aber noch gut drei Wochen. Die Tatsache, beruflich wie gesellschaftlich dermaßen versagt und mich in diesem Ausnahmezustand auch noch öffentlich zur Schau gestellt zu haben, bricht mir noch Tage später das Herz. Man ekelt sich nicht mehr vor der Knusperkruste. Man ekelt sich nur noch vor sich selbst. Man ist irgendwie selbst zur Knusperkruste geworden. Zur Knusperkruste der Travestie.

An einem anderen Abend, ebenfalls zu der Zeit, in der ich im Erotik-Theater am Potsdamer Platz arbeite, steht mein Nachbar aus dem ersten Stock vor mir. Mirco heißt er, wird im Haus aber von allen nur „Früchtchen" genannt. Das liegt daran, dass Mirco ständig laute Musik in seiner Wohnung spielt und damit auch alle anderen Bewohner beschallt. Dieses nette „Früchtchen" und ich sitzen nun in seiner Wohnung beisammen. Unsere ebenso verletzlichen wie narzisstischen Künstlerseelen sehnen sich nach etwas Rotwein und einem guten Gespräch. Ein bisschen Koks und Speed liegt noch herum. Schnell sind wir hochgepusht und verlieren uns im gepflegten Laberflash.

Um halb vier Uhr morgens ist dann die letzte Bahn aufgeschnüffelt und das letzte Glas Wein hinuntergespült. Alles, was uns noch bleibt, ist eine Flasche Mückenwein. Jeder kennt das: Man hat vor zwei Tagen eine Flasche Wein beim Fernsehen oder nach dem Essen geöffnet, schaffte es aber nur, ein Glas zu trinken, und vergaß danach, die Flasche wieder zu verschließen. Sie blieb offen stehen, und weil Sommer ist und man ständig die Fenster offen hat, finden zahllose Fruchtfliegen, angelockt vom Zuckergehalt des süßen Weines, den Weg zum offenen Flaschenrand. Sie finden erst den Weg in die Flasche hinein und dann den sicheren Tod in ihr. Jetzt also liegen Hunderte ihrer in Alkohol konservierten Leichen am Grund der Flasche und jedes Mal, wenn man sich nun ein Glas einschenkt, findet man eine Art dunklen Weinstein vor: Mückenwein *at its best*.

Wenn man im Wahn des Rausches immer schamloser wird und selbst den billigsten Fusel mit Insekteneinlage in sich hineinkippt und am Ende außer einer lauwarmen Packung Apfelschorle nichts mehr da ist, womit man einen vibrierenden Körper noch füttern könnte, ist der Griff zum absoluten Extrem nicht weit.

Bei mir persönlich ist das absolute Extrem eine völlig aus der Mode gekommene, kleine Pille. Je nachdem, was gerade hineingepantscht wurde, ruft sie immer neue, schreckliche Wirkungen hervor. Wir alle kennen diese Pille unter dem Namen Ecstasy. Mirco hat einige dieser Relikte der längst ausgelöschten Techno-Ära bei sich zu Hause herumliegen. Obwohl ich weiß, dass so ein Ding bei mir wochenlangen Durchfall, Heulkrämpfe und schwere Depressionen auslöst, schlucke ich es runter. Erst merken wir eine Stunde nichts. Und auch als die Pille bereits angefangen hat zu wirken, reden wir ständig darüber, dass sie überhaupt nicht wirkt und schon zu alt gewesen sein muss.

Keine Ahnung, wie wir hierhergekommen sind. Aber wir stehen beide als Nutten in billigen Glitzerfummeln und mit ungestylten Perücken auf dem Mittelstreifen der Straße vor unserem Haus. Wir wollen anschaffen. Wir wollen, dass jemand zu uns in die Wohnung kommt oder uns mitnimmt, Sex mit uns hat und uns anschließend dafür bezahlt. Prostitution. Das ist es, was wir wollen. Selbstverständlich bin ich mir als Profi-Showgirl sicher, dass ein Rasseweib wie ich zuerst mitgenommen werde. Neben mir wirkt Mirco doch wie ein schäbiger Hobbytransvestit.

Keine von uns wird angesprochen, keine von uns mitgenommen und schon gar nicht gefickt. Mirco ist irgendwann nicht mehr bei mir und ich verstecke mich im Hinterhof unseres Hauses zwischen den Mülltonnen. Ein Irrglaube, von den Nachbarn nicht gesehen zu werden. Sie müssen lediglich von oben herab aus ihren Fenstern linsen. Egal. Ich bekomme nichts mehr mit.

Von hier an gebe ich wieder, was mir hinterher von meinem Vermieter Jan vorgetragen wurde. Und wenn der mich schon darauf anspricht, kann man davon ausgehen, dass er sich vorher mit dem ganzen Haus darüber unterhalten hat. Angeblich – und man kann davon ausgehen, dass es die bittere Wahrheit ist – habe ich hinter den Mülltonnen gelauert, bis der junge, attraktive Anwalt, der im Hinterhaus seine Kanzlei betreibt, zur Arbeit kam. Dann bin ich in sein Büro eingedrungen und wollte ihm unbedingt einen blasen. Als er jedoch ablehnte, versuchte ich mit Gewalt an seine Genitalien zu kommen. Nur mit zwei heftigen Schlägen ins Gesicht konnte er mich zur Räson bringen und aus seinem Büro vertreiben.

Es ist so demütigend, wenn man den Müll runterbringt und jemandem über den Weg läuft, den man im Ecstasy-Rausch versuchte zu vergewaltigen. Der Umstand, dass man sich an nichts erinnern kann, macht es kein bisschen leichter.

Zusammen mit der Geschichte nach der Bustour und dem Vorfall beim Gauklerfest war dies mein drittes, vollkommenes Blackout. Depressionen, Durchfall, Lustlosigkeit, körperliche Schmerzen, Verkrampfungen und sogar Bettnässerei gehören zu meinem Leben nach jedem Wochenende. Mein Körper erscheint mir bis in die letzte Zelle hinein zerstört. Mühsam baue ich ihn mit Sport, vollwertigem, gesundem Essen und viel Schlaf und Wasser wieder auf. Wofür ich am Anfang meiner Discokarriere nur zwei Tage gebraucht habe, dafür brauche ich heute, je nach Schwere meines Absturzes, vier bis acht Tage. Tage des Wartens, begleitet von der Leere und Einsamkeit eines ganzen Lebens. Gezwungen, das Nötigste zu tun. Nie um eine Ausrede verlegen, um Termine abzusagen und Aufgaben zu delegieren. Ich fühle mich wie ein Wrack. Ein Körper, der dahinsiecht. Ein Geist, der vor sich hinvegetiert. Ohne Glück und Zufriedenheit empfinden zu können. Nicht in dieser dunklen Zeit.

# Männerspuk

Es gibt Männer, die mir nur eine Nacht gehören, die mir aber noch lange danach im Kopf herumspuken. Was meist bedeutet, dass sie mich auf besonders geile Art „zu nehmen" wussten.

Nach einem Auftritt auf dem Sommerfest einer Berliner Partei ziehe ich mit einigen Künstlerkollegen, die ebenfalls auf dem Fest auftraten, weiter ins Delicious Dounuts in der Rosenthalerstraße im Bezirk Mitte. Drei Cocktails weiter bin ich in bester Laune. Man nascht mal hier, man bläst mal da. Unter allen Schwänzen, die ich mir in mein mittlerweile lippenstiftloses Maul stopfe, ist auch der eines schlanken Typen mit mittellangem, leicht gelocktem Haar dabei. Modell Rockstar. Interessant, aber im Rausch der Nacht ist er zunächst nur einer von vielen für mich.

Als die Sonne aufgeht über Berlin und ihre ersten Strahlen durch die nach Zigarettenqualm stinkenden, roten Samtvorhänge dringen, habe ich das Bedürfnis nach einem Kerl, der mich nach Hause begleitet und es mir in meinem Bett bis mittags um 14 Uhr besorgt. Ich baggere einen gut gebauten Italiener an. Er zeigt großes Interesse an mir. Doch als ich gerade beginne, ihm am Reißverschluss herumzuspielen, schiebt sich das Modell Rockstar dazwischen.

Erst finde ich es eher nervig, weil ich mich schon auf den Italo-Lover fixiert hatte, merke aber schnell, wie begierig der Rockstar ist zu bekommen, was er will. Ich füge mich wehrlos meinem femininen Schicksal und meinen animalischen Fantasien.

Diese Sau wird mich fertig machen. Mir alles nehmen: mein Leben, meine Würde, meinen Apple-Computer. (Bitte genau in dieser Reihenfolge!) Hauptsache, er steckt ihn mir vorher noch mal tief rein und fickt mich. Ich sage der Welt schon mal auf

Wiedersehen. „Nimm den Typ nicht mit!" Die Warnung meiner Freunde stachelt mich nur noch an.

Im Taxi vergrabe ich meine Hand bereits tief in seinem Hosenstall. Er beugt sich zu mir herüber und raunt mir ständig „Ich will dich ficken" ins Ohr. „Ich will dich richtig hart ficken!" Der türkische Taxifahrer, dem diese Sätze aus seinen Lieblingsspielfilmen bestens bekannt sein dürften, beobachtet mich schamlos im Rückspiegel. Am liebsten würde er der Mann sein, der mich hart fickt. Doch er hat keine Chancen auf einen Dreier. Nicht an diesem Morgen!

Gerade als sich ein nasser Fleck im Schritt des Fahrers abzuzeichnen beginnt, erreichen wir meine Wohnung. Obwohl ich mir sicher bin, dass der Rockstar Drogen dabei hat, interessiert es mich nicht im Geringsten. Auch er scheint keine Einstimmer zu brauchen. Komplett bekleidet landen wir im Bett. Gierig macht er sich nur den Hosenstall auf und lässt seinen harten Schwanz wie einen Dolch nach vorne blitzen. Dann dreht er mich wild und mit einem einzigen Ruck auf den Bauch. Schiebt meinen Rock wenige Zentimeter nach oben. Zerreißt mir die Strumpfhose und steckt seinen Wonnespender an der Herrenunterhose – die ich zufällig trage – vorbei, direkt in mein vor Lust zuckendes Arschloch.

Ein wilder Ritt durch Raum und Zeit beginnt. Durch alle Stellungen und Positionen. Mit und ohne Klamotten. Champagnerflaschen werden geleert. In unsere Münder, auf unsere Körper. Dann schüttelt er eine halbvolle Flasche heftig. Sein Daumen hält die aufschäumende Flüssigkeit zurück. Er setzt die Flasche an meinem Arsch an und lässt mir die Flüssigkeit in meinen Anus spritzen. Es ist kalt. Es prickelt. Wie eine Champagnerflöte trinkt er mich aus. Als der Kelch leer ist, befüllt er ihn erneut. Diesmal mit sich selbst. Ich lecke ihm die Eier und danach den Schweiß aus den unrasierten Achselhöhlen. Alles an ihm macht mich wahnsinnig. Fünf Stunden später kommen wir beide gleichzeitig, nackt bis auf meine Perücke – die er trägt! – in einem spektakulären Finale auf meinem Balkon. Die Menschen unten auf der Straße bleiben stehen und blicken nach oben.

Rasch verabschiedet er sich. Er muss nach Hause zu seinen Kindern und zu seiner Frau. Wie gerne denke ich an diesen irren Ficker zurück, dem ich nur ein einziges Mal begegnet bin und dessen Namen ich nie erfahren habe.

Männer pflastern meinen Weg. Hunderte Male bin ich verliebt. Für echte Liebe reicht es selten. Wie auch? Der Mann, der mich bändigen kann, muss wohl erst geboren werden. Ein Mann, dem ich gehöre, ohne meine eigene Identität zu verlieren. Sogar Treue wäre mittlerweile für mich kein Problem. Ich hatte so viele Schwänze, so viele Körper, so viele unvollendete Geschichten, dass es wirklich an der Zeit wäre, in einen festen Hafen einzulaufen. Anständig besorgen müsste es mir „Mr. Right" freilich schon. Ich könnte nie mit einem Mann zusammen sein, der nicht fähig wäre, mich ihn richtig und schmerzhaft spüren zu lassen. Ich denke hierbei selbstverständlich an einen „erlesenen Schmerz". Einen Schmerz, der Liebe und Sex perfekt vereint und daraus etwas Unglaubliches wachsen lässt. Sagt mir, erwarte ich zu viel?

Erst kürzlich dachte ich, diesen perfekten Mann gefunden zu haben. Wie ein griechischer Gott trat er plötzlich in mein Leben. Perfekte Figur, dunkle, kurze Locken, Dreitagebart, Intellekt, Charisma und einen Megaschwengel aus purem Stahl.

Wie es mittlerweile häufig der Fall ist, beginnt die Geschichte in meiner Bar. Es ist ein Mittwoch, das Glamourquiz beendet, der Gewinner steht fest. Da ich die letzten Tage ausgiebig gefeiert habe, trinke ich heute nur Cola light und will früh ins

Bett. Ich beeile mich mit der Abrechnung und habe schon meine Handtasche im Arm, als die junge, aber bereits total angesagte Band Jennifer Rostock den Laden betritt. Die Situation ist so MTV-hip, dass ich jetzt unmöglich gehen kann. Schließlich sind sie gekommen, mich zu sehen und kennenzulernen. Wir setzen uns an einen Tisch, plaudern, derweil der Alkohol in Strömen fließt. *It's Only Rock'n'Roll But I Like It.*

Mit von der Partie ist Tim, ein befreundeter Musiker einer anderen Band. Wir wollen uns. Von der ersten Minute an. Diesen Ausdruck in seinem Gesicht kenne ich. Es ist jenes verruchte Grinsen, das sagt: „Ich hatte sie alle. Du bist die Nächste!" Tim ist durch und durch hetero, aber einer, der seine Pflicht als Mann erfüllt – und zwar immer!

Man erzählt mir, Tim sei erst seit zwei Tagen aus dem Knast raus, wo er zwei Jahre wegen Betrug, Drogen und Körperverletzung einsaß. Meine animalische Gier ist geweckt. Ich muss ihn haben. An der Beule in seiner Hose sehe ich, dass mich dieser Mann in keinster Hinsicht enttäuschen wird. Blöd nur, dass Tine, die einzige Stammlesbe aus meiner Bar, in meiner Wohnung gerade übernachtet. Sie hat eine schwere Trennung hinter sich und wollte nicht allein sein. Versprochen ist versprochen. Tim seinerseits hat der Band Jennifer Rostock versprochen, mit ihnen noch auf eine andere Party zu gehen. Wir verabreden, uns in zwei Stunden in meiner Wohnung zu treffen.

Zu Hause öffne ich für Tine und mich eine Flasche Sekt und schiebe zur Belustigung unserer zarten Frauenseelen eine anspruchsvolle Komödie von Pedro Almodóvar ein. Sie steckt sich eine Zigarette an. Lässt alle Sorgen hinter sich. Entspannt vollkommen in meiner gemütlich temperierten Wohnung auf meinem großen, bequemen Sofa. Um ihr etwas Gutes zu tun, hacke ich etwas von dem Koks klein, das ich auf dem Weg noch rasch besorgt habe. Der Film läuft seit zehn Minuten und gerade halte ich Tine den Spiegel mit der Linie hin, da klingelt es an der Tür.

Hektisch mache ich Tines Zigarette aus, nehme ihr das Glas aus der Hand, schiebe sie ins Badezimmer und drücke ihr die erst von etwa 32 Personen benutzte Gästezahnbürste in die Hand. Während Tine sich ihre Beißerchen schrubbt, empfange ich Tim.

Wo vor zwei Minuten noch die lesbische Tine saß, sitzt jetzt der heterosexuelle Tim in meiner bequemen Sofalandschaft. Mit einer Zigarette im Anschlag, einem Glas Sekt in der Hand und – natürlich – einer Line Koks unter der Nase.

Tine kommt aus dem Bad, erhält die Gelegenheit, Tim Hallo zu sagen, und wird dann von mir sanft gezwungen, ins Bett zu gehen. Die Tür des Schlafzimmers hat sich noch nicht hinter ihr geschlossen, da habe auch schon Tims Lolli im Mund. Eine Prachtlatte! Er steht unglaublich auf Blasen – und ich blase unglaublich. Wir sind wie füreinander bestimmt.

Im Drogenwahn dauert diese Session nun ganze sieben (!) Stunden. Beinahe stündlich hat er eine gute Portion Sperma abgeschossen. Seine Fleischpeitsche bleibt die ganze Zeit hart und fest. Das hat vor ihm – zumindest bei mir – noch kein Mann geschafft. Am nächsten Morgen habe ich Hornhaut auf meiner Zunge. Aber nicht nur mir gebührt ein Preis. Auch Tim ist absolut preisverdächtig.

Er ist gerade mal zehn Minuten aus der Wohnung, da kommt Tine aus dem Schlafzimmer. Während ich ihr von ihm vorschwärme, hebt Tine die Taschentücher vom Boden auf, mit denen ich sein Ejakulat von meiner Couch und meinem Körper gewischt habe. Für ihn war es nur ein freakiges Sexabenteuer mit einer heißen, lutschgeilen Transe. Für mich war es die ganz große Liebe ... Den nächsten Satz könnte ich mir sparen. Aber bitte, hier ist er: Wir sahen uns nie wieder.

# Der ganz normale Alltag

Im Freundeskreis macht das Buch „Ein Amerikaner in Berlin" von Ralph Martin die Runde. Ich interessiere mich dafür, als ich erfahre, dass es von vielen Zeitungen furchtbar besprochen, ja nahezu verrissen wurde. So viel Schlechtes von den unterschiedlichsten Personen über ein Buch? Ich leihe mir das Buch bei meiner Freundin Brigitte und lese es.

Der Autor schildert, was er allerhand „Verrücktes" in Berlin erlebt hat. Ich bin mir aber nach nur wenigen Seiten sicher: Dieser Typ hat Berlin nie kennengelernt. Was bei ihm als megaschrill verkauft wird, löst bei mir nur Gähnen aus. Spießer finden es vielleicht ordinär und anzüglich, wenn sich 75-jährige Männer die Fingernägel lackieren und in einem rosa Rüschen-Nachthemd eben mal schnell zum Bäcker um die Ecke gehen, um dort Brötchen zu kaufen. Mein Gott, das ist doch nichts Besonderes! Es ist der ganz normale Alltag, den hier jeder erleben kann, der in Berlin die Augen aufmacht.

Was ich in dem Buch lese, ist vom Berlin, in dem ich lebe, weit weg. Berlin ist ein gigantischer Vergnügungspark, dessen fantastische und schockierende Attraktionen an jeder Ecke, völlig überraschend, auf einen warten. Schön und schockierend. Szene, Homosexuelle, Transen. Poetisch und pervers.

In Berlin kann man Kunst unbegrenzt genießen, ohne jemals Eintritt dafür zu bezahlen. Man muss nur wissen, wo die entsprechenden Plätze sind. Wenn man in die richtige U-Bahn-Linie einsteigt, ist von Action bis Abstraktion alles möglich. Prügeleien, Schwarze, die in den Waggon scheißen, Kontrolleure, die bespuckt und beschimpft oder bunt angesprüht werden, Sex live, bei dem die Herpes-Viren den Besitzer wechseln. Pfui? Geschmackssache! Geil? Geil!

Für mich ist die ganze Stadt wie ein absurder, nie enden wollender Film. Und das nicht nur im Nachtleben mit perfektem Make-up und in tollen Kostümen. Auch tagsüber und immer dann, wenn ich ungeschminkt und „in Zivil" das Haus verlasse.

Da kann es schon vorkommen, dass ich auf der Straße eine junge Familie entdecke und mir das Gesicht des Vaters bekannt vorkommt. Dann, ich ziehe mir gerade eine Currywurst am Imbiss rein, erinnere ich mich. Das war doch der Typ aus dem Berghain, der sich einen Joint gegönnt hat, während er sich von einer billigen Tussi einen blasen ließ und ihr bärtiger Freund sein Arschloch leckte. Dieses Dreiergespann an der Heizung auf dem Weg zu den Toiletten war mir nicht entgangen. Der ist das. Ich fand die Situation lustig und habe ihm mit meinem Glas Champagner zugeprostet.

Zu den schönen Dingen des Alltags gehört für mich auch der Besuch meiner Lieblings-Fleischerei. Jeden Donnerstagmorgen hole ich dort frische Rinderknochen für meine Hunde.

Wie oft habe ich meine Fleischereifachverkäuferin schon in eindeutigen Positionen erwischt! Sie liebt es, sich von jungen Touristen das Pfläumchen vollsabbern zu lassen, während sie von ihren eigenen, fetten Titten Koks abschnupft. Es sind immer dieselben dunklen Ecken derselben verruchten Klubs und Bars, in denen wir uns treffen. Wir haben noch nie ein privates Wort miteinander gewechselt. Man kennt sich, das genügt. Still schweigend über die Dinge, die nur eine Berliner Nacht freizugeben vermag, lächelt sie und packt mir meine Knochen ein.

„Ich hab auch noch eine Wienerwurst dazugelegt – für die Kleinen. Schönes Wochenende. Bis zum nächsten Mal!", grinst sie feist. Ach, sie ist so eine nette Frau mit ihren fünfzig Jahren. Und ganz sicher wird sie sich persönlich davon überzeugen, ob ich ein schönes Wochenende habe, lege ich doch am Samstag in ihrem Lieblingsklub auf.

# Der perfekte Promiwichser

Meine Wohnung in der Eberswalder Straße liegt im Vorderhaus im dritten Stock. Wenn ich meinen Balkon betrete, kann ich links bis tief in den Prenzlauer Berg schauen, blicke ich nach rechts, am berühmten Mauerpark vorbei, liegt mir fast der gesamte Wedding zu Füßen. Mein Wohnzimmer und mein Schlafzimmer liegen zur Straße hin. So verpasse ich nichts von dem, was sich dort abspielt. Leider bekomme ich auch so den ganzen Lärm mit. Betrunkene Punks, heulende Sirenen von Polizei- und Feuerwehrautos, das Stimmengewirr und die Musik aus den Restaurants und Cafés, jeden Sonntag die nervenden Flohmarktbesucher. Anfangs fand ich es schick, morgens, wenn ich mit dem Taxi nach Hause kam, noch eine Zeit lang auf der Straße stehen zu bleiben und andere Besoffene, die an mir vorbeitorkelten, anzusprechen. Egal, wer da des Weges kam – Penner, Punks, Nachbarn, Nazis, ganze Junggesellen-Abschiedspartys oder Touristengruppen (nicht über fünf Personen) –, ich lockte meine Opfer in den Hauseingang, um sie hinter der Tür vor den Briefkästen oral zu befriedigen.

Im Bad und in der Küche meiner Wohnung genieße ich ländliche Ruhe. Das einzige Geräusch, das mich in dieser Oase zu stören vermag, ist das von einer Umwälzpumpe verursachte, seichte Geplätscher des Teichs im Hinterhof. Wenn ich am Milchglastisch in meiner Küche sitze, an einer Zigarette ziehe und die Augen schließe, ist es an manchen Tagen fast wie zu Hause in Malta, wenn man auf der Veranda saß und den nahen Bach leise rauschen hörte.

Vor etwa vier Jahren wurde mein Küchen-Idyll aber von zusätzlichen Geräuschen ins Wanken gebracht. Im Hinterhaus zog David ein. Besser gesagt, er wurde eingezogen. Aber der Reihe nach.

David, gerade 17 Jahre alt, bezog die kleinste der Wohnungen im Haus. Er wirkte wie die männliche Version des Models Kate Moss. Groß, blond, sehr dünn – heroinschickdünn. Er entsprach perfekt dem Schönheitsideal des gerade aufkommenden Indie-Hippies. Ein wunderschöner, junger Mann mit viel Charme und, leider, wenig Hirn. Herrlich. Seine Dummheit macht ihn sexy, weil er über nichts nachdenkt und nichts hinterfragt. David führt ein junges, unbeschwertes Leben. Wenn über Fußballstar David Beckham gesagt wird, er sei der Prototyp des metrosexuellen Mannes, dann ist David der Super-GAU eines metrosexuellen Mannes. Das ganze Haus war von einem Tag auf den anderen verliebt in ihn. Doch ein wandelnder Sex auf zwei Beinen ruft auch Neider hervor. Und so machten bald die ersten Gerüchte die Runde.

Davids Eltern sind beide stinkreich. Sie trennen sich, als er 14 ist. Seitdem wohnt der Vater in einem Hotel mit wechselnden Prostituierten und Liebhaberinnen zusammen. Sexsucht! David bleibt bei seiner Mutter. Er hat weder Lust, eine Lehre anzufangen, noch weiter zur Schule zu gehen. Stattdessen verbringt er seine Zeit mit Computerspielen und dem Akquirieren heißer und, wenn möglich, noch jungfräulicher Mädchenmuschis im Internet-Chat. Was für einen Teenager ja erst einmal nichts Unnormales ist. Aber manchmal lädt David bis zu fünf Girls an einem Tag ein, mitunter bis zu drei Girls gleichzeitig. Sexsucht! Das erinnert die Mutter an den Vater und kurzerhand wirft sie ihren Sohn samt seinen Schlampen aus dem Haus. Um den sexuellen Wahnsinn ihres Sohnes nicht mitansehen zu müssen, mietet sie eine Einzimmerwohnung für ihn an. Sie übernimmt die Miete, zusätzlich erhält David 1.000 Euro Taschengeld pro Monat. So soll der schwanzgesteuerte Sohnemann in Ruhe sein Leben planen.

Das ist nun vier Jahre her. Bis zum heutigen Tag wurde nichts geplant. Das Taschengeld fließt ungebremst. Die Mutter genießt ihre Ruhe und Freiheit. Wieso sollte sie sich um die Probleme ihres Kindes kümmern, wenn es offensichtlich gar keine hat.

Vorhänge, Gardinen oder Jalousien gibt es im sexuell unbegrenzten, aber ansonsten doch recht eingeschränkten Leben von David nicht. Was das ganze Vorderhaus freut und letztlich auch mir Unterhaltung in einem völlig neuen Rahmen eröffnet, nämlich dem Rahmen meines Küchenfensters, durch das ich direkt in seine Wohnung schauen kann.

David ist immer zu Hause. Wenn er nicht gerade mit einem Mädchen bumst, dann wichst er eben. Sein Penis ist im rastlosen Dauereinsatz. Und natürlich – wie könnte es anders sein – verfügt er über einen Prachtschwengel allererster Güte. Ein Traum.

Da ich Geheimnisse nicht gerne für mich behalten mag und eine gute Vorstellung gerne mit Freunden teile, wird meine Wohnung immer beliebter. Traditionell koche ich seit Jahren jeden Sonntag für eine kleine Runde engster Freunde. Erst wird gegessen und danach schauen wir uns bei einer guten Flasche Rotwein zusammen „Das Perfekte Promidinner“ im Fernsehen an. Seitdem jedoch David im Hinterhaus eingezogen ist, sitze ich immer öfter alleine vor meinem großen Fernseher. Meine Gäste fühlen sich verständlicherweise beim Alternativprogramm in der Küche besser aufgehoben. So wurde aus dem „Perfekten Promidinner“ eben der „Perfekte Promiwichser“!

Wenn sich meine Gäste um den besten Schlitz an der Jalousie meines Küchenfensters streiten, kann es schon mal laut werden. Dann schreite ich beherzt ein und ermahne zur Ruhe und Ordnung. Manchmal erlaube ich mir auch den Spaß, das Licht in der Küche anzuknipsen und die Jalousie mit einem Ruck hochzuziehen. Dann ärgern sich alle. So freizügig David auch sein mag, wenn er bis zu fünf Tucken gestapelt an meinem Küchenfenster erblickt, erschrickt er wie ein scheues Reh und packt seinen Dödel fix wieder ein.

Mindestens tausend Mal – grob überschlagen – habe ich David schon beim Kommen zugeschaut. Alleine, mit anderen Nachbarn oder mit Freunden, mit meiner Putzfrau, meinen Eltern oder mit dem Heizungsableser. In meiner Küche ist immer Showtime. Für jeden, der gerade da ist.

Nur ein Mal wird mir die Ehre zuteil, mit dem Star unseres Hauses, dem Schwanz von David, persönlich zusammenzuarbeiten. An diesem Tag veranstalte ich eine schwule Ping-Pong-Party im Ping-Pong-Club in der Eberswalder Straße. Mit Alkohol und Koks zugedröhnt bis in die Haarspitzen, wanke ich gegen vier Uhr morgens nach Hause. Im Treppenhaus sehe ich Licht in Davids Wohnung brennen. Ich kehre um und stöckele die Treppenstufen wieder hinunter. Husche über den Hinterhof und klingle Sekunden später an Davids Tür!

„Hallo! Ich bin die Nina, deine Nachbarin. Ich wollte fragen, ob es noch was zu trinken gibt?", frage ich frech und fahre mir mit der Hand wild durch die viel zu große Lockenperücke.

Außer einer knappen, weißen Unterhose trägt er nichts. Er bittet mich herein und öffnet als Erstes eine Flasche Chardonnay. Wir sind uns eigenartig vertraut. Wir reden über dies und das. Lauter unsinniges Zeug. Ich zeige ihm meine Homepage und ein paar Online-Artikel über mich. Dort natürlich nur die heißesten und femininsten meiner Bilder. An einem bestimmten Punkt ist uns beiden klar, wieso ich an seine Tür geklopft habe und wieso er mich hereinließ.

Vor seinem brandneuen Apple-Computer reiße ich ihm seinen Schlüpfer bis zu den Knien hinunter. Ich fühlte mich wie eine Königin. Das „Zepter“ in der Hand. Ich blase und blase. Kaltes, köstliches Erdbeereis an einem viel zu heißen Sommertag. Ein Erdbeereis, von dem man zwei Schüsseln essen würde, von dem es aber nur einen Löffel gibt.

Nach etwa einer Viertelstunde bricht er die Blasorgie ab. Ich flehe ihn an, mich zu ficken. Wie erniedrigend. Er hält seinen knallharten Schwanz in der Hand, wichst ihn immer wieder heftig. Aber meinen Wunsch erfüllt er nicht.

Nüchtern betrachtet hab ich wohl ausgesehen wie Helena Bonham Carter als Hexe im Harry-Potter-Film. Er meint, dass es wohl besser für mich wäre zu gehen, und schiebt mich in Richtung Tür. „Oder soll ich dich doch noch ficken?“, fragte er leise grinsend.

Hoffnung, mein Gesicht doch nicht völlig zu verlieren, steigt in mir auf. Meine Augen driften zu seinem Genitalbereich ab und werden bei dem Anblick automatisch von Tränen der Vorfreude benetzt.

Er drückt mich brutal zu Boden, verbietet mir energisch, ihn anzufassen, und wichst drauflos, was das Zeug hält. Ich lasse ihn widerstandslos gewähren. Er ist immerhin der Promiwichser! Da gibt man keine Widerworte. Mein letztes bisschen Stolz schämte sich offensichtlich dermaßen für mich, dass es bereits eine Stunde zuvor meinen Körper und die Wohnung von David verlassen hatte. Mit einem kräftigen Schuss verkleistert mir der junge Mann das komplette Gesicht. Eine Mischung aus Schweiß, Sperma und Make-up läuft mir den Hals hinunter. Ohne weitere Worte erhebe ich mich wie eine brave Katholikin aus dem Beichtstuhl und verlasse seine Wohnung.

Seit jener Nacht grüßen wir uns freundlich, wenn wir uns im Haus begegnen, halten aber nicht mehr viel voneinander. Für ihn bin ich seit diesem Vorkommnis wohl nur eine spermageile Nutte. Er ist für mich der Typ, der es mir nicht richtig besorgt hat. Im Vollrausch habe ich noch öfter an seine Tür geklopft. Aufgemacht hat er nie wieder.

Es ist eben nicht seine Art, etwas Gebrauchtes ein zweites Mal zu verwenden.

# Sinfonie der Leere

Weihnachten 2009, seit vier Tagen bin ich bei meinen Eltern in Österreich. Es ist neun Uhr Morgens. Meine Eltern sind seit zwei Stunden wach. Ich bin es auch. Unmöglich kann ich von irgendetwas müde sein, das ich gestern getan hätte. Es gibt nichts, was man in Malta tun kann. Schon gar nicht, für ein Buch ein Kapitel über One-Night-Stands zu schreiben, wie ich es mir vorgenommen hatte.

Kaum setze ich mich mit meinem Laptop in die Küche, steht meine Mutter vor mir und klappt das Bügelbrett aus. Während ich versuche, mich zu erinnern, wer mir als Letzter auf den Bauch gespritzt hat, plappert sie mich fröhlich mit Geschichten aus der Familie zu. Ich verziehe mich ins Wohnzimmer, doch – welche Überraschung – schon taucht meine Mutter mit dem Staubsauger auf. Ich ersuche sie, leicht unhöflich, mich doch alleine schreiben zu lassen. Liebenswerterweise zieht sie davon. Eine Minute lärmt es erneut. Sie staubsaugt nun den Raum genau über mir.

Schon im Flugzeug von Berlin nach Klagenfurt war ich genervt. Mein Sitzplatz befindet sich in Reihe 10, Platz F. F wie Fenster oder Fuck. Es sind nur wenige Passagiere an Bord. Wer fliegt auch schon am ersten Weihnachtstag? Der christliche Österreicher sitzt an diesem Tag zu Hause bei seiner Familie, trinkt Bier und isst fettigen Schweinebraten. Leider weiß das das Paar nicht, das in der Reihe hinter mir Platz nimmt. Beide Mitte 20, frisch, sportlich, er nicht ganz unattraktiv, aber ganz, ganz langweilig. Sie hat den Fensterplatz. Er, neben ihr, beugt sich aber ständig zu ihr hinüber, um ebenfalls aus dem Fenster starren zu können. Dadurch stößt er ständig an meinen Sitz. Unangenehm. Sie starren unentwegt aus dem kleinen Flugzeugfenster. Was es da draußen wohl zu sehen gibt?

Ich blicke durch mein Fenster: Wir stehen immer noch auf dem Flughafen Tegel, es regnet und das Flugzeug hat sich, seit wir es vor 20 Minuten betreten haben, noch keinen Zentimeter bewegt. Faszinierend! Ich frage mich, ob Österreicher zu Unrecht jahrelang von mir unterschätzt wurden? Schließlich muss ich doch zugeben, dass diese beiden Österreicher in diesem Augenblick mehr sehen können als ich. Ein öder Moment vor dem Start wird für zwei Landpomeranzen zum unvergesslichen Happening. Ist das eine Frage der Prioritäten? Es muss so sein. Ich bin es gewohnt, mich über Menschen in furchtbaren Outfits und mit eigenartigen Gesichtern zu amüsieren. Das Paar hinter mir hätte Mitleid mit ihnen. Mit offenen Augen und noch weiter geöffneten Ohren presse ich mich in meinen Sitz und lausche dem Gespräch der beiden:

Er: „Das sind ganz normale Schrauben. Schau dir das an. Ich schwöre. Ganz normale Schrauben!"

Sie: „Nein. Das kann nicht sein. Das sind keine normalen Schrauben. Das sind Spezialschrauben. Normale Schrauben würde es in der Luft zerreißen. Das sind bestimmt Spezialschrauben für Flugzeuge. Extra entwickelt."

Er: „Nein. Nein. Das sind die gleichen Schrauben wie in meiner Werkzeugkiste. Ganz normale Schrauben. Stinknormale Achter oder Neuner. Ohne besondere Beschichtung. Das kann ich eindeutig sehen."

Derartig neugierig gemacht, blicke ich nochmals aus dem Fenster. Mein Blick wandert an die Stelle, an der die Tragfläche aus dem Rumpf des Flugzeuges ragt. Die Schrauben, die bislang unentdeckt, sozusagen als blinde Passagiere, mitflogen, befinden sich tatsächlich am ganzen Flügel. Wie riesige Nähte ziehen sie sich durch das Metall. Unendlich viele Schrauben. Ganz normale Schrauben.

Auf den Sitzen hinter mir entbrennt darüber ein heftiger Schraubenstreit. Man ist hörbar wütend aufeinander. Soll ich aufspringen und den beiden erzählen, dass es sich um von Außerirdischen angebrachte Schrauben aus einer fernen Galaxie handelt?

Mein Körper entspannt sich und ich denke mir: Die Welt ist also doch noch in Ordnung. So sind sie, die Österreicher. Genau so.

Das Zusammentreffen mit meinen Eltern war in diesem Jahr harmonisch wie nie. Seitdem sie mich im vergangenen Sommer zum ersten Mal in Berlin besucht haben und sehen konnten, dass meine Arbeit mehr von mir abverlangt, als mich von RTL2 betrunken filmen zu lassen, verstehen wir uns gut. Andererseits bleibt in mir das Gefühl, ihnen auf die Nerven zu gehen, sobald ich auch nur ein winziges Stück von mir preisgebe, zu viel von mir und meinem Leben erzähle.

Nach vier Tagen in Österreich, umgeben von Österreichern, im Haus meiner Kindheit, beginnt sich Lähmung in meinem Kopf auszubreiten. Ich verfalle in Müdigkeit. In eine Anti-Haltung. Ich will einfach nicht mehr hier sein. Zwei Tage lang wirkte alles exotisch und interessant, nun aber beginnt sich bereits alles zu wiederholen. Der Tagesablauf, die Gegend, die Menschen, die Gespräche und auch das Essen. Da es am Tag fünf Mahlzeiten gibt und ich nichts anderes zu tun habe als zu essen, nehme ich jeden Tagen ein Kilo zu. Langsam komme ich mir unbeweglich vor. Der Körper passt sich dem Rhythmus des Geistes an. Das ist mir die Male zuvor nie so aufgefallen. Je mehr sich mein Körper von den anstrengenden Berliner Nächten und den unzähligen Auftritten, die ich den ganzen

Dezember über hatte, erholt, desto mehr schrumpft mir in dieser gleichförmigen Ruhe mein Hirn. In Berlin wären nach zwei Tagen Entspannung meine Sinne geschärft und würden zu Höchstleistungen auflaufen. Hier in den Bergen jedoch beginnt sich ein grauer Schleier über meinen Geist zu legen.

Mir fehlen Fragen, mir fehlt Interesse. Es ist eine Oberfläche, vor der es mich schlichtweg graust. Wenn man sich so lange nicht sieht, könnten fantastische, lange und intensive Gespräche entstehen. Nicht nur mit meinen Eltern, sondern auch mit den Nachbarn, mit meinen Verwandten. Aber hier ist nichts zu holen. Will ich mich mit einem ernsthaften Gespräch oder einer lustigen Geschichte einbringen, schaut man mich an, als wäre ich geisteskrank. Man will nichts erfahren, man will nichts verstehen. Der Fischteich scheint leer gefischt. Ein bitteres Gefühl wächst von Minute zu Minute. Meine Zeit hier ist längst überschritten.

Meine letzen Tage vertrödle ich mit den begrenzten Möglichkeiten, die mir zur Verfügung stehen. Ordne die Musikdateien auf meinem Rechner und brenne CDs für die Silvesterpartys. Lese Promi-Zeitschriften und schaue Fernsehen. Jeden Tag nehme ich ein zweistündiges Vollbad. Während ich im heißen Wasser sitze, denke ich an das vergangene Jahr zurück. An alles Gute und Schlechte. Bin gespannt auf alles, was bereits für das neue Jahr geplant ist, und beunruhigt wegen all der Ungewissheiten und unvermeidlichen Probleme, die auftauchen werden. In Berlin wartet so viel Arbeit auf mich. Arbeit, die mir jetzt so viel Spaß machen würde. Ich vermisse meine Freunde. Zwischendurch pinkle ich immer wieder in mein Badewasser und freue mich darüber wie ein kleines Kind. Es ist das Böseste, was ich in diesem Haus tun kann. Revolution im Badeschaum.

# Der Duft der Provence

Auszeit in der Provence in einem niedlichen Häuschen, das bestimmt schon viele hundert Jahre alt ist. In einem Ort, dessen Namen man bei Google Maps nicht findet. Den Pool hat man erst in den letzten Jahren hinzugefügt. Mein Blick wandert über herrliche Berge und Bäume, um mich herum duften Felder von Lavendel, Jasmin und Salbei. Ein französischer Traum von Glückseligkeit. Unversehens bin ich am Nachdenken.

Wie sehr sich doch alles in meinem Leben verändert hat, seit ich nach Berlin gekommen bin. Viele meiner Freunde von früher spielen keine Rolle mehr in meinem derzeitigen Leben. Ich teile längst nicht mehr alle Ansichten, die ich noch vor Jahren hatte. Freunde entwickeln sich mit oder auch nicht. Sollte ich traurig sein, weil Menschen mein Leben absichtlich oder unabsichtlich verlassen haben? Es ist der Lauf der Dinge. Ich versuche, mit einem Lächeln an sie zu denken, an die guten und schönen Momente. Klar, ich bin reifer und ruhiger geworden. Aber eben auch älter. Um nicht zu sagen: Alt.

An manchen Tagen bin ich erschöpft und ausgebrannt. Durchfall, Zahnschmerzen, Fettleibigkeit und unendlich viele graue Haare, die durch meine schönen, dicken, schwarzen Strähnen stechen, sind nur einige Zeichen, die mein Körper an mich sendet. Manchmal werden sie von mir beachtet, aber meistens ignoriert. Wenn ich von Champagner Sodbrennen bekomme, trinke ich eben Wodka. Wenn mir die Zigaretten nicht bekommen, rauche ich manchmal an einem ganzen Tag gar keine. Am nächsten Tag aber zwei Schachteln. So gleicht es sich aus.

Es könnte mir tatsächlich schlimmer gehen. Ich jammere auf hohem Niveau. Wenn man so absichtlich Raubbau an seinem

Körper betreibt wie ich, darf man sich nicht wundern. Die guten Vorsätze stehen mir klar und deutlich vor Augen. Trotzdem wird das Glas vollgemacht, die Line gelegt, der Schwanz gelutscht und der Schweinebraten samt Torte danach aufgegessen.

Noch bekomme ich es jedes Mal hin, wenn ich auf einer Bühne oder an einem DJ-Pult stehe, fantastisch auszusehen. Ich helfe mit Mieder, fetten Titten, hohen Schuhen und großen Haaren kräftig nach, zumindest wie die Karikatur einer Frau auszusehen. Befürchtungen, mit den ersten Anzeichen des „Verfalls" müsste es auch beruflich bergab gehen, erweisen sich als unbegründet. Das Gegenteil ist der Fall. Gerade habe ich für die ARD zehn Tage als Moderatorin auf der Berlinale gearbeitet. Seit vier Monaten habe ich bei einem großen Radiosender eine wöchentliche Promi-Kolumne.

Lautes Geschrei lenkt mich ab. Meine Transenfreundinnen Brigitte und Diva buhlen um die Aufmerksamkeit zweier hübscher Boys, die ich ebenfalls eingeladen hatte, um uns die Zeit zu vertreiben. Der eine ist Jan, ein DJ, mit dem ich eine kurze Affäre hatte. Der andere ist Christoph. Der Ex-Freund einer guten Freundin, mit dem ich mich in Berlin immer wieder heimlich zum Ficken verabrede. Offiziell ist er so heterosexuell wie Mario Barth.

Christoph steht sexuell extrem auf Gerüche jeder Art. Also musste ich ihm versprechen, während der zehn Urlaubstage bei meiner Körperpflege stets den Intimbereich auszulassen. Jede Nacht verbringt Christoph nun damit, mich sauber und geruchsfrei zu lecken. Und auch am Tag holt er sich mehrmals seine Geruchsration. Vorhin, als ich in der Küche mit den Vorbereitungen fürs Abendessen zugange war, stellte er sich hinter mich und vergrub seine Hände tief in meiner Unterhose. So lange, bis er sich sicher sein konnte, dass seine Fingerkuppen den leicht fischigen Geruch von Smegma angenommen hatten. Jetzt sitzt er da drüben am Schwimmbecken, redet und scherzt mit meinen Freunden und schnuppert immer wieder an seinen Fingern.

Normalerweise bin ich für Spiele dieser Art nicht zu haben. Aber er ist ein wunderhübscher, 34-jähriger Mann mit Dreitagebart und dunklen, großen Augen. Er ist so anziehend, dass man für ihn nahezu jeden Kompromiss eingehen würde. Außerdem hat er einen schönen, langen Schwanz, der mich jeden Morgen auf die herrlichste Art zum Leben erweckt, die man sich in einem Urlaub vorstellen kann.

Dabei wäre es heute Morgen beinahe zu einem kleinen Skandal gekommen, den ich dank meiner schamlosen Art zu lügen gerade noch abwenden konnte. Beim Lecken stellte Christoph entschieden fest, dass ich einen fremden Geruch tragen würde. Zu meiner Scham muss ich gestehen, gestern mit einer Flasche Wein und Jan etwas zu lange am Sofa vor dem offenen Kamin sitzen geblieben zu sein. Als es still war im Haus und nur noch das französische Fernsehen aus der Ecke flimmerte, habe ich mich von Jan ficken lassen. Der alten Zeiten wegen und auch, weil ich betrunken war. Christoph aber erklärte ich, dass bei der sommerlichen Hitze draußen sich der Geruch des Intimbereichs ständig ändere. Und dass es natürlich sein Samen von gestern sei, da ich den ganzen Tag und auch nachts nicht einmal aufs Klo gegangen wäre. Er hat es geglaubt.

Ein wenig beginnt die Geschichte mit dem „Nicht waschen" ohnehin zu nerven. Ich bilde mir ständig ein, meinen eigenen stinkenden Schritt zu riechen. Ich werde gleich duschen gehen und da unten mal ordentlich schrubben. Danach bin ich mit Jan zum Spazierengehen verabredet. Oben im Olivenhain. Dort duftet es so herrlich.

# On Line

Auch wenn man so einen abwechslungsreichen Beruf ausübt wie ich und beinahe täglich auf einer Bühne, in der eigenen Bar, auf anderen Partys in Berlin und anderen Städten auftritt – das Gefühl, dass sich derselbe Trott – wenn auch im großen Stil –, wiederholt, lässt sich nicht vermeiden. Immer wieder Bambi, immer wieder Berlinale, immer wieder Glamourquiz, CSD und Irrenhouse. Die ewig gleichen Promi-Treffen mit den ewig gleichen Gesichtern. Stets das schale Gesicht und die trüben Augen von Udo Walz. Stets die Weiber von der „Bunten" und die notgeilen Typen von der „Bild", die sich selbst feiern, weil sie sich einbilden, inoffiziell Deutschland zu regieren. In Wahrheit hecheln auch sie nur Trends hinterher, die längst keine mehr sind.

Die Welt versucht schon lange keiner mehr zu verändern. Es macht mich müde, wenn ich an der Champagner-Bar stehe, mein schönstes Kleid trage und darauf warte, dass etwas passiert. Auf Festen, deren Gastgeber nicht man selber ist, etwas initiieren zu wollen, ist ein vergebliches Unterfangen. Möchte man dort etwas Herausragendes machen oder einfach einmal etwas Lustiges provozieren, muss man stets mit einem Rauswurf rechnen.

Diese offiziellen Partys, deren Einladungen zuhauf in meinem Briefkasten landen, werden immer schlimmer, prüder und verklemmter. Heutzutage hat die Security gleich ein Problem damit, wenn man nur ein paar Schnäpschen über den Durst getrunken hat. Sofort erhält man eine Zurechtweisung. „Bitte setzen Sie sich doch einen kleinen Moment", bekommt man dann zu hören. Man darf niemandem mehr beherzt in den

Schritt greifen, sich am Buffet nicht mit Törtchen bewerfen oder schlecht angezogene Mädchen beschimpfen.

Aus dem Ritz-Carlton hat man mich hinausgeworfen, weil ich Blowjobs vor der Herrentoilette angeboten habe. Dafür fehlt einem doch jedes Verständnis! Sind wir noch in Berlin oder schon in Bayern?

Leider schlägt sich dieser Promi- und Partymikrokosmos, gepaart mit fragwürdigen Zeitungsartikeln und TV-Berichten zu meiner Person, sehr negativ auf mein privates und mein Sexualleben nieder. Man muss mich nicht selber kennen, um aus den Medien zu wissen, dass ich eine immer geile, Männer fressende, Schwänze verschlingende, dreckige Hure bin. Dauerläufig! Zugegeben, einerseits pflege ich selbst dieses Image, weil es sich von ihm gut leben lässt. Andererseits frage ich mich allmählich ernsthaft, wer sich denn von mir noch einen blasen lassen will, wenn jeder von vorneherein weiß, dass da vom Rockstar bis zum Taxifahrer schon jeder seinen Überdruck losgeworden ist.

Bin ich unabsichtlich zu einer Spermamüllhalde geworden? Eine überdüngte Kraterlandschaft, die niemand mehr betreten will? Eine sexuelle „Persona non grata"? Es wäre doch gelacht, wenn meine Kreativität versagen würde, wenn es um mein Intimleben geht. Bis ich den Traumprinzen gefunden habe, die wahre Liebe in meinem Leben, kann ich mit den falschen Männern noch jede Menge Spaß haben. Mit Männern, die keine Ahnung haben, welch unglaubliche Anziehungskraft ihre saftigen Fleischpeitschen auf ein Girl wie mich ausüben. Solange ich lebe und atme, ist jede Selbstbefriedigung eines Mannes auf diesem Planeten pure Verschwendung. Zu viele Stunden am Tag habe ich nichts zu tun. Stunden, in denen ich mit meinem Mund, meinem Po oder einfach nur mit meiner Hand pure Wonne spenden könnte. Neue Schwänze braucht das Land!

Ich folge den guten Ratschlägen meiner Freunde und Bekannten und widme mich dem Treiben im Internet. Die Flirts, Chats und Möglichkeiten in der virtuellen Welt habe ich viel zu lang ignoriert. Ich dachte, es nicht nötig zu haben. Aber wenn 17-jähriges Frischfleisch es nötig hat, wieso nicht auch ich? 24 Stunden am Tag alles und jeden bekommen, den man möchte? Hereinspaziert!

Die große Qual der Wahl hat man dann offensichtlich nur noch mit der Wahl des richtigen Portals. „Gayromeo" kommt für mich nicht in Frage! Ich werde auf einer anderen Internetplattform fündig. Leider kann ich hier nicht preisgeben, auf welcher – ich muss die Privatsphäre von hunderten junger Familienväter und Profifußballer schützen!

Ein unverfängliches Foto und seine sexuellen Wünsche auf einer Profilseite online gestellt und schon geht's los. Da ich, was niemanden wundern wird, wunderschön, jung, sexy, lasziv und berühmt bin, ist die Zahl der Interessenten, die mit ihren Pinseln in meinem Farbtopf herumklecksen wollen, groß. Jetzt heißt es auswählen. Jeden unter 20 Zentimetern – hier ist nicht die Körpergröße gemeint! – und über 35 Jahren lehne ich aus Prinzip ab. Einzige Ausnahme hinsichtlich des Alters sind Profifußballer.

Aus verschiedensten gesellschaftlichen und sozialen Schichten fallen jetzt junge Männer mit großen Prachtlatten bei mir ein. Gut 90 Prozent von ihnen hat noch nie was von mir gehört oder gesehen. Ignorantes Pack! Sie kommen zum Kommen. Das war es. Es geht zu wie in einem Bienenstock. Ich, die Königin, die darauf wartet, mit frischem Honig, herbeigeschafft von willigen Arbeiter-Bienen, gefüttert zu werden.

Nie treffe ich mich mit demselben Mann zweimal. Auch hier bildet ein Profifußballer die Ausnahme. Da kann der Sex noch so gut gewesen sein. Es gibt viel zu viele, die warten. Jeder soll in den Genuss der Frau kommen, die als die größte Schwanzlutscherin in die deutsche Geschichte eingehen wird. Auf meinem Grabstein soll aber bitte schön schlicht und einfach nur stehen: „Hier ruht Nina Queer. Sie war wunderschön."

Der Sex hat mich zu 100 Prozent erreicht. Fünf bis sieben Lover sind aber das Höchste, was ich pro Tag beziehungsweise Nacht schaffe. Mehr lassen meine geschäftlichen Termine, mit denen ich Geld verdiene, leider nicht zu.

Es gefällt mir, die Menschen zu studieren, die bei mir einund ausgehen. Manche riechen gut. Einige sehen nicht so aus wie auf ihren Fotos oder laufen weg, wenn sie mich in natura sehen. Vor anderen habe ich Angst.

Genau wie auf den Promipartys will sich auch hier keiner in die Karten schauen lassen. Meinetwegen sollen sie vorgeben, jemand zu sein, der sie nicht sind. Ich bin Wirtin. Bereits nach einem Kontakt von drei Minuten kann ich ihr Leben vor meinem inneren Auge ablaufen sehen. Solange ich zwischen ihren Beinen das vorfinde, was mir im Vorfeld versprochen wurde, nehme ich jede noch so dreiste Lüge gerne in Kauf. Zudem steht es mir ja wohl am wenigsten zu, über Lügner zu urteilen. Ich gebe schließlich stets vor, eine Frau zu sein. Es wäre wohl nur unverschämt von mir zu erwarten, die Wahrheit vorgesetzt zu bekommen.

Bei meinen ersten Internet-Dates bin ich ziemlich aufgeregt. Als Kontrollfreak will ich mich nicht in fremden Wohnungen verabreden. Aber auch in meiner Wohnung ist mir die ganze Sache nicht geheuer, da ich zu viel von mir preisgeben müsste. Ich frage also meinen guten Freund Magnus, ob ich meine „Freier", wie ich sie scherzhaft nenne, bei ihm abfertigen darf. Magnus verfügt über eine große Wohnung nicht weit von meiner eigenen entfernt. Dort stehen gleich mehrere Gästezimmer leer.

Am „Premieren-Abend“, also an dem Abend, als ich zum ersten Mal in Sachen Sex im Internet unterwegs bin, bestelle ich mir gleich drei junge Herren in Magnus’ Wohnung. Im Abstand von je anderthalb Stunden. Ich persönlich wäre nach 13 bis 17 Minuten fertig, aber ich will niemanden unter Druck setzen. Meine ersten Erlebnisse fallen, wie soll ich sagen, zu meiner Zufriedenheit aus. Die Wohnung wird zum Rummelplatz, mit mir als einziger Attraktion.

Schwule Männer sind bei meinen Internet-Dates tabu. Schwule stehen auf Männer, logischerweise. Ich aber habe den Anspruch, die ultimative Frau überhaupt zu sein. Weitere Erklärungen sind also unnötig. Stattdessen treffe ich meist verheiratete Männer, die den Sex mit ihren Ehefrauen leid sind. Für die einen ist eine Transe eine schräge Nummer im Bett, die man mal ausprobiert haben muss. Für manche jedoch ist es die Möglichkeit für das Maß an Homosexualität, das sie sich gerade noch so zugestehen können. Profisportler, in deren Welt für Schwulitäten jeder Art kein Platz ist, da sie bei Bekanntwerden ihrer Homosexualität mit dem Verlust von Werbeeinnahmen rechnen müssen, erfreuen sich an meinem Körper.

Hätte ich es nicht selbst unzählige Male erlebt, ich würde selbst nicht glauben, wie sehr gerade diese öffentlich stilisierten Übermachos mit dem beschäftigt sind, was mich von einer echten Frau unterscheidet.

Über das Internet habe ich auch einen Berliner Fußballstar kennengelernt. Bei ihm komme ich mir vor wie die Victoria Beckham der Travestie. Meist um die Mittagszeit schreibt er mir eine SMS, ob ich gegen Mitternacht Zeit habe. Für ihn habe ich natürlich immer Zeit. Allerdings sagt er unsere Treffen häufig relativ kurzfristig ab. Immer dann, wenn seine Mannschaft verloren hat. Obwohl ich mich für Fußball nicht interessiere, schau ich mir mittlerweile doch die Spiele im Fernsehen an. So weiß ich, an welchen Abenden ich mich gar nicht erst aufzutransen brauche.

Um kein Aufsehen zu erregen, kommt er in einem nagelneuen schwarzen Golf zu mir und parkt im Dunkeln unter meinem Haus. Kurz checkt er die meist leere Straße auf Paparazzi und Fans ab, die ihn erkennen könnten, dann betritt er zügig das Haus. Innerhalb weniger Sekunden hat er die drei Stockwerke erklommen und küsst mich zur Begrüßung, ganz wie ein Promi, oberflächlich links und rechts auf die Wangen. Er liebt es, wenn ich sehr, sehr kurze Röcke trage. In meinem Kühlschrank steht immer Wodka-Grapefruit für ihn bereit. Wir unterhalten uns ein wenig, aber nach fünf bis zehn Minuten fange ich an, ihm einen zu blasen. Meist macht er davon Fotos oder dreht mit seinem Handy kleine Filmchen. Für die Zeit, wenn er nicht bei mir ist, sagt er. Ich will gar nicht wissen, wie viele Videos dieser Art bereits existieren und wie viele unterschiedliche Transen in diesen Videos den immer gleichen Schwanz lutschen. Aber so ist das. Einen Star hat man nie für sich alleine. Jeder will ein bisschen Sternenstaub abbekommen.

Nach zehn Minuten Mundsex richtet er sich auf, dreht meinen Körper in eine für ihn angenehme Position und steckt mir seinen harten Schwanz in mein vor Freude nur so zuckendes Löchlein. Obwohl wir Gleitgel verwenden, spuckt er mir jedes Mal, bevor er in mich eindringt, gehörig auf die Rosette. Dann fickt er mich eine gute halbe Stunde. Er hat es auch schon auf 50 Minuten gebracht. Wenn er dann endlich kommt, kommt er lange. Ausdauersport. Ein Profi eben.

Aus der Vielzahl der einmaligen Begegnungen habe ich das Treffen mit „SchleckmaulTom34“, so sein Nickname im Internet-Chat, in Erinnerung. Aber leider nur, weil es angesichts seines großen Schwanzes zum sexuellen Waterloo für mich wurde. Sein Schwanz erinnerte mich in seiner gigantischen Größe und Form an eine jener Zucchini, die in meiner Kindheit meine Mutter manchmal aus dem Garten brachte, wenn der Sommer fantastisch war und es oft geregnet hatte. Er überstieg eindeutig jede Zumutbarkeitsgrenze. Unverrichteter Dinge und zu seinem Ärgernis musste ich ihn meiner Wohnung verweisen.

Das Pech, an einen zu kleinen Penis zu geraten, tritt weitaus häufiger ein. Wie oft werden prächtige 22 Zentimeter versprochen, gut fotografiert zum Beweis, und Stunden später muss man feststellen, dass anscheinend nicht nur bei der Altersangabe etwas durcheinander gekommen ist.

Mittwoch. Obwohl ich gleich zum Glamourquiz in meine Bar muss, kann ich das eben über den Messenger eingetroffene Angebot nicht ablehnen. Meine Freundin Brigitte sitzt hinter verschlossener Küchentür und erarbeitet für mich die Fragen, die ich fürs Quiz dringend benötige. Ein wunderhübscher, dunkelhaariger Mann mit hellbraunen Augen steht in der Wohnungstür. Eigentlich eine Schande, aber die Arbeit lässt keine Zeit. Es muss schnell gehen. Ich ziehe seine Vorhaut zurück, nehme seinen Schwanz in den Mund – und eine Sekunde später spritzt er mir seine Ladung ins Gesicht. Also *so* schnell hätte es auch nicht sein müssen. Wie kann man von einmal Vorhautzurückziehen kommen?

Ich entschuldige mich für einen kurzen Moment, eile in die Küche. Spüle mir emsig den Mund aus, gurgle mit einem großen Schluck Wodka. Dann schnell noch ein Glas zur Desinfektion hinterher. Wieder ihm Wohnzimmer, liegt er entspannt auf dem Sofa und wichst sich die Rübe erneut hoch.

„Also ich kann noch mal", frohlockt er neckisch. Wenn er will. Eine halbe Stunde habe ich ja noch.

Er fickt mich relativ unspektakulär von hinten am Sofarand. In seiner Jacke klingelt ein Handy. Weiterfickend und ohne sich aus der Ruhe bringen zu lassen, geht er ran. Er redet ein paar wirre Sätze, gibt dann meine Adresse durch und sagt: „Bis in fünf Minuten." Er zieht seinen Schwanz aus mir raus, sagt, dass er mal kurz nach unten muss. Er sei aber gleich wieder da. Mich beschleicht ein komisches Gefühl. Gott sei Dank sitzt Brigitte in meiner Küche.

Es klingelt, er will erneut von mir ins Haus gelassen werden. Ich linse vorsichtig im Treppenhaus zwischen dem Geländer nach unten. Er ist allein. Erste Entwarnung. Ich hatte mir schon ausgemalt, wie er mit einer Horde Krimineller meine Wohnung stürmt und mich ausraubt. An der Wohnungstür stelle ich ihn zur Rede. Er entschuldigt sich ganz brav bei mir und verrät mir, dass er Drogendealer ist und einer seiner Kunden, der direkt bei mir um die Ecke wohnt, was gebraucht hat. Ich verzeihe ihm. Als Entschädigung nasche ich etwas von seiner Ware und er nascht an mir weiter.

Zum Glamourquiz komme ich eine halbe Stunde zu spät, aber gut gelaunt in meine Bar.

# Ich werde blasen, solange ich noch knien kann

Ich bin Radiostar. Einer der größten kommerziellen Radiosender der Stadt hat mir eine feste und wöchentliche Sendezeit gegeben. Am Anfang habe ich den Job nicht ganz ernst genommen. Gedacht, dass ich ihn sicher nicht länger als ein paar Wochen mache. Ich kenne mein ambivalentes Verhältnis zu geregelten Arbeitszeiten und meine Schwierigkeiten, mir von anderen etwas sagen zu lassen.

Zu meiner eigenen Überraschung komme ich mit der Situation, den Machern und Kollegen gut zurecht. Natürlich leiste ich mir noch den einen oder anderen Fehltritt, manche sprachlich „unsaubere“ Äußerung, aber ich konzentriere mich mit zunehmender Begeisterung auf meine Arbeit beim Sender und wachse in die skandalfreie Welt der seichten Unterhaltung hinein. Ich habe das Gefühl, dass diese Arbeit Teil eines großen Ganzen ist. Teil von Veränderungen in meinem Leben und des großen Ganzen der Zukunft.

Ich weiß sehr wohl, dass ich, was meine Partys betrifft, den Zenit meiner Kreativität überschritten habe. Längst sind meine Shows auf der Bühne nicht mehr so mitreißend und skandalös, wie sie einst waren. Der Erfolg, so fühle ich es, hat mich träge und gefällig gemacht. Warum sich den Arsch aufreißen, wenn mein Name schon für ein volles Haus sorgt. Ja! Ich bin langweilig geworden und bezahle mit meinem guten Namen. Der einzige Grund, warum Gäste und Partys nicht unter meinem persönlichen Versagen leiden, ist mein wunderbares

Team an Mitarbeitern. Gute, kreative Leute, die es verstehen, eine Nacht auch ohne mich zu tragen. Die mich mitschleifen und hochleben lassen, auch wenn ich schon am Ende bin. Zehn Jahre Dauerparty, Gruppensex und schwere Drogensucht gehen an keinem Menschen so ohne weiteres spurlos vorbei. Was passiert eigentlich, wenn diese ganze Transengeschichte vorbei ist? Vielleicht gar nicht für das Publikum, sondern für mich selbst?

Werde ich mit 50 Jahren noch Lust haben, mir die Arme und Beine zu rasieren und mich in meine Fummel zu quetschen? Andererseits kann und will ich auch nichts anderes als Travestie. So viel habe ich in diesem Beruf erlebt. Mit Robbie Williams habe ich geknutscht, bin mit Hape Kerkeling aufgetreten, war mit US-Star Kesha auf Tournee und habe im Video von Human League mitgespielt. Wie könnte ich je auf dieses Leben verzichten?

Ich kann mir aber mittlerweile vorstellen, die große Partywelt hinter mir zu lassen und an einem kleinen Bühnenprogramm zu arbeiten, das ich zweimal pro Woche aufführe. Bereits in den letzten zwei Jahren habe ich ein von mir geschriebenes Weihnachtsprogramm gespielt. Es funktionierte perfekt und war immer ausverkauft. Ich empfand es, entgegen anfänglichen Befürchtungen, als beruhigend, Abend für Abend das Gleiche zu machen, die Show einem festen Ablauf folgen zu lassen und zu wissen, wann ich Applaus zu erwarten habe. Nach zwei Stunden ist alles zu Ende. Dann kann ich mich abschminken und ins Bett gehen. Es zehrt nicht so an meinem Körper wie die langen Partynächte. Eine interessante Erfahrung.

Die letzten Jahre sind wie ein Düsenjet an mir vorbeigerauscht, sich haben mich aber nicht unverändert gelassen. Mit 30 fühlt sich manches anders an als mit 20. In meiner Branche kann das Pendel ganz schnell von „in“ nach „out“ ausschlagen.

Häufiger als früher mache ich mir Gedanken über meine berufliche Zukunft und mein Lebensglück. Manche werden das als Sentimentalität ansehen. Ich sehe solche Selbstreflexionen als Geschenk. Sie lassen mich hoffen, mit dem, was kommt, umgehen zu können. Jeder hat mal Pech. Man kann nicht immer nur oben sein. Das ist ganz normal. Es gibt aber Unterschiede, wie man mit Pech und Unglück umgeht. Überhaupt bin ich in meiner jetzigen Lebenssituation ziemlich häufig glücklich und ziemlich selten unglücklich.

Zu Beginn eines jeden Jahres habe ich mittlerweile einen Plan, was die nächsten zwölf Monate angeht. Wenn ich auf meinen Terminkalender schaue, beschleicht mich manches Mal die Angst, dass bei den ganzen Verpflichtungen und Projekten zur Förderung meiner Karriere keine Zeit mehr zum Blasen bleibt. Ans Ficken wage ich gar nicht erst zu denken. Dieser Aufwand! Rasieren, spülen, Kondome und Gleitgel besorgen. So eine Runde Poposex kann plötzlich einen halben Tag in Anspruch nehmen. Wenn ich mir morgens zum Kaffee meine erste Kippe anstecke, bin ich oft schon frustriert darüber, dass ich es nie schaffen werde, all die Dinge zu tun, die ich in meinem Leben gerne anstellen würde.

Immer noch, obwohl ich einiges an Fett zugelegt habe, stehen die Verehrer Schlange. Zudem werden sie immer jünger. Dann kommt mir öfter das Sprichwort „Auf einem alten Besen lernt man das Kehren“ in den Sinn. Oder bin ich nur so gefragt, weil ich mehr Glamour und Geld besitze als je zuvor? Ehrlich gesagt, ich will es gar nicht wissen.

Stand ich früher auf große, dunkelhaarige Männer, sind es nun Blonde. Böse Zungen behaupten, ich hätte meinen Männergeschmack ändern müssen, weil ich die Kerle, die meinem alten Beuteschema entsprachen, schon alle durchhabe. „Freunde“ sagen mir so etwas. Frechheit.

Nach wie vor vermisse ich eine feste Beziehung. Ein Leben voller Liebe. Partnerschaft, Ehrlichkeit und Treue. Dann könnte ich mein Leben sicher noch einmal neu definieren. Doch kann ich auch dem Leben als Single positive Seiten abgewinnen. Nur um nicht alleine zu sein, brauche ich keinen Partner. Leicht hätte es der Mann an meiner Seite auch nicht. Die Hälfte unserer gemeinsamen Zeit könnte er mich gar nicht ficken, denn wegen meines Drogenkonsums leide ich an mindestens drei Tagen der Woche unter starkem Durchfall. Zudem wäre ich an den Wochenenden nie für ihn da. Ich arbeite jeden Freitag und Samstag. Sonntags muss ich mich erholen und will ich außer meinen Hunden niemanden sehen.

Doch selbst wenn ich in einer Beziehung leben würde: Wenn jemand mit einer gut eingeschenkten Hose vor mir steht, ist es ziemlich unwahrscheinlich, dass ich mein Maul geschlossen halte. Ich muss einfach blasen. Je mehr, desto besser. Das brauche ich für mein Ego. Sperma ist mein Lebenselixier. Mit jedem Penis, der wie und wo auch immer in mich eingeführt wird, fühle ich mich jünger, begehrenswerter und schöner. Deshalb ja die panische Angst, vor lauter Terminen keine Sex-Dates mehr wahrnehmen zu können. Und ist es nicht so, dass man, wenn man keine Schwänze mehr abbekommt, definitiv alt ist? Na also! Immer her mit den frischen Würsten!

Ja, ja, die Nina! Eine Samensäuferin, wie sie im Bilderbuch steht. Ach, die Zeiten haben sich geändert. Ich bin viel ruhiger geworden. Ein großer Teil meines Lebens ist von meiner Arbeit bestimmt. Früher habe ich mir doch schon beim Brötchenkaufen am Morgen zwei bis drei Geschlechtskrankheiten eingefangen. Heute sammle ich Hundehäufchen ein, bevor ich mich überhaupt an einen Frühstückstisch setze. Früher hab ich mit meinen Freunden ständig auf wilden Partys gekokst, heute kochen wir ständig miteinander. Na gut, Koks gibt es auch noch. Aber nur zum Dessert!

Vor Kurzem habe ich in einem fragwürdigen Horrorfilm mitgespielt. Seitdem trudeln die Film- und TV-Angebote nur so bei mir ein. Warnend telefoniere ich mit jedem Regisseur und stelle klar, dass ich unter all meinen Talenten gerade die Schauspielerei überhaupt nicht sehe. Das ist aber immer allen egal und ich bekomme die Rollen trotzdem. Dann lach ich mir immer heimlich ins Fäustchen, öffne eine Flasche Champagner und überlege, wie ich das Geld, das ich beim Film verdienen werde, jetzt schon ausgeben könnte. Denn zusätzliches Geld verlangt nach zusätzlichen Partys. Finde ich. Das sind dann immer noch große Glücksmomente in meinem Leben.

# Lebensweisheiten (Oder: Warum ich den Dirty Rodriguez bevorzuge)

Am Ende dieses Buches möchte ich allen Lesern noch ein paar altbekannte Lebensweisheiten mitgeben, die ich immer für fieses Gesülze hielt, die sich für mich aber bewahrheitet haben! Also:

Das Schlimmste, was man im Leben tun kann, ist, sich so zu verbiegen, dass man sich selbst aufgibt, nur um anderen zu gefallen. Die Menschen merken das und hinterher ist man nicht mehr glaubwürdig und hat mehr Feinde als vorher.

Es ist besser, mit seinen Eltern befreundet zu sein, als sie zu missachten. Sucht den Dialog mit ihnen. Achtung: Sollte dies nicht möglich sein, weil eure Eltern unverbesserliche Nazi-Schweine sind, lasst sie einsam und alleine sterben!

Eine Hand voll guter Freunde zu haben, ist das Wichtigste überhaupt. Sie ersetzen Partnerschaften und Psychiater. Und zur rechten Zeit einen Hundesitter zu haben, ist bestimmt auch nie verkehrt.

Wenn ihr zu faul seid, den Abwasch zu machen, friert das schmutzige Geschirr einfach ein, damit es nicht schimmelt.

Tomatensalat schmeckt nach jahrelanger Verwendung von Balsamico-Essig wieder viel besser, wenn ihr normalen Weinessig verwendet. Ordentlich Zwiebeln müssen dran. So wird es perfekt.

Pflegt eure Füße.

Benutzt eine Nachtcreme und Zahnseide.

Hört auf, Deo auf eure Schwänze und Muschis zu sprühen. Wenn es schnell gehen muss, wischt mit einem feuchten Lappen drüber.

Wenn ihr das Gefühl habt, sexuell in Langeweile und Einöde abzugleiten, probiert unbedingt den *Dirty Rodriguez* aus. Lasst euch auf keinen Fall einen *Dirty Sánchez* andrehen! Ich bin so frei und erkläre kurz den Unterschied: Beim *Dirty Sánchez* werdet ihr in den Arsch gefickt. Nachdem euer Sexualpartner in euch gekommen ist, fährt er euch mit dem Zeigefinger durch eure Rosette ins Poloch. Mit dem Finger befördert er eine Mischung aus Scheiße und Sperma an die frische Luft. Damit malt er euch ein mexikanisches Bärtchen an die Oberlippe. Für mich ist das recht unbefriedigend. Deshalb fällt meine Wahl immer auf den *Dirty Rodriguez.*

Es funktioniert im Prinzip wie beim *Dirty Sánchez*, nur dass anstatt des Fingers ein Penis die Lava aus dem Krater holt und sie euch unter die Nase schmiert. Ich persönlich lecke den Pinsel meines Malermeisters danach immer sauber. Das muss man aber nicht tun.

Lebt euer Leben so intensiv wie möglich, aber zerstört euch dabei nicht selbst.

Und fickt! Fickt, was das Zeug hält. Achtet nicht auf hässliche Gesichter oder ekelhafte Körper. Es soll gevögelt und nicht geheiratet werden. Es geht um den Akt an sich. Viel Spaß!

*Ich danke meinen Freunden Kay, Magnus, Illi und Ingo, dass sie mich aushalten, und all meinen Mitarbeitern für ihre jahrelange Treue. Ebenfalls danke ich Michael Rädel für die Geburtshilfe von Nina Queer und seine Unterstützung bis in meinen Tod.*